後宮の花シリーズⅪ

後宮の花は偽りに託す

天城智尋

JN054576

双葉文庫

目次

序章 〇〇七

第一章 遺憾千万〔いかんせんばん〕 〇一三

第二章 一飯千金〔いっぱんせんきん〕 〇四五

第三章 千変万化〔せんぺんばんか〕 〇七一

第四章 千錯万綜〔せんさくばんそう〕 一一九

第五章　千荊万棘〔せんけいばんきょく〕　一六一

第六章　一諾千金〔いちだくせんきん〕　二〇九

第七章　千法百計〔せんぽうひゃっけい〕　二三九

第八章　鶴寿千歳〔かくじゅせんざい〕　二八一

終　章　二九七

人物紹介
郭翔央［かくしょうおう］
相国皇帝。双子の兄・叡明に代わり皇帝になった。
陶蓮珠［とうれんじゅ］
相国の身代わり皇后。翔央を支える元官吏。
張折［ちょうせつ］
相国の行部長官。蓮珠の元上司で双子の家庭教師でもあった。
李洸［りこう］
相国の丞相。皇帝の側近。政治のスペシャリスト。

黒公主「こくこうしゅ」
威国黒部族の公主。相国では威公主と呼ばれている。
威首長「いしゅちょう」
威国十八部族の頂点。相国先帝・郭至誠とは旧知の仲。

その他の登場人物

【魏嗣《ぎし》】……相国の皇后付き太監。蓮珠の補佐役。
【紅玉《こうぎょく》】……皇后付き女官。蓮珠の補佐役。
【秋徳《しゅうとく》】……皇帝付きの太監。元翔央の部下で、武官だった。
【黒太子《こくたいし》】……威国黒部族の太子。次期首長の最有力候補。黒公主の異母兄。
【榴花公主《りゅうかこうしゅ》】……華国先王の最後の公主。翔央の正妃候補として訪相後、威国へ亡命。
【朱景《しゅけい》】……榴花の侍女だった青年。蓮珠の母方の親類。榴花と共に威国へ亡命。
【蒼太子《そうたいし》】……威国蒼部族の太子。相国の蟠桃公主を妃に迎えた。
【蒼妃《そうひ》】……双子の姉。相国では蟠桃公主と呼ばれていた。威国に嫁ぎ蒼妃となった。
【郭至誠《かくしせい》】……相国先々帝。威首長とは戦友だった。

序章

「おとうさん。雪の上でね、熊さんがおねんねしているの。きっととっても寒い寒いだから、助けてあげて」

五歳になった娘の蓮珠《れんじゅ》は、なぜか厄介ごとに遭遇しやすい。近くの林に燃料になりそうな枝を集めに行ったはずが、行き倒れの熊に遭遇したらしい。

「そうか、熊が雪の上で寝ているのか。この時期は、まだ冬眠しているものだが、寝ぼけて迷い出たのかな？　どれ、見てこようか」

相国《そうこく》の東北部、山間《やまあい》の邑《むら》である白渓《はくけい》では、長く続く隣国との戦いの中で、食糧確保が難しい状況が続いている。猪や熊は貴重な食糧だった。

雪の上で倒れているのなら、もう生きてはいないだろう。山の神の恵みとして、ありがたくいただこう。あとは娘をいかに納得させるかだ。

熊を運ぶための荷車を引き、娘の案内で向かった先で、彼は改めて娘は厄介ごとに遭遇しやすいことを思い出した。

倒れていたのは、被った黒い熊の毛皮と同じくらい巨躯の人間だった。

「……蓮珠、これは人間だ。熊の毛皮をまとっているだけだ」

息はある。意識はない。周囲を見るに近くの崖から落ちた後、少し離れてから気を失った……というところではないだろうか。

「そうなの？　じゃあ、熊さんより、もっとずっと寒い寒いだね。おとうさん、助けてあげて」

風貌からいって相国の……高大民族《こうだいみんぞく》の者ではない。隣の威国の者であるなら、小競り合いとはいえ戦争中だ、きっと助けるべきではないだろう。

「おとうさん、小蓮《しょうれん》ね、木の枝いっぱい拾ったよ。これで熊おじさん、あったかくなれるかな？」

まだ自分のことを幼名で呼ぶ幼い娘の視線は、キラキラしていた。父親が、ここでこの男を見捨てるなど、これっぽっちも思っていない目だ。パッと検分する限りでは、隣国の兵というわけではなさそうだ。旅人であるなら致し方ない。ここは、助けるべきだろう。

決心して、荷車に熊の毛皮を着た男を乗せる。そもそも熊を運ぶつもりだったから、それが同じくらい大きい人間でもあまり差はなかった。

「蓮珠、いい子だ。旅人は神様のお使いだ、大事にしなきゃならない。ただし、この旅人がうちの家に居ることは誰にも話しちゃダメだ。なにせ神様のお使いだからな、人に知られてはお役目を果たすのが難しくなる」

あってないような理屈で、内緒にすることを言い聞かせる。五歳児は疑いなく頷いてくれた。家にいるこの子の兄は、こうはいくまい。早々に旅立ってくれるといいのだが。

その願いむなしく、目覚めた旅人は記憶を失っていて、蓮珠命名の黒熊《こくゆう》の名で、彼は半年ほど白渓の陶《とう》家に居候することになる。驚異的に早かった身体の回復に比べ、多少時間はかかったが記憶も回復した。やらねばならないことがあると帰ることを決断した彼が我が家を旅立つ時には、すでに情がわいていた。彼は、本当に体力の回復は早かったので、力仕事に狩りに大活躍し、気がつけば家族の一員どころか邑の一員として、すっかり馴染んでいたのだ。

その後も季節に一度は、たくさんの食糧を手土産に陶家に『帰って』きた。時には、旅人仲間も呼んで十日ほど滞在して、また旅立って行くのを数年繰り返した。戦禍で都との物資のやりとりがほぼ途絶え、邑の産業だった酒造りを廃業するか否かに追い込まれていく中、行商人のように大量の食糧や日用品と引き換えに、同じく大量の酒を買い上げてくれたので、酒造りを廃業することから免れた。

旅人は、本当に山の神様のお使いのように、陶家を、白渓の邑を恵みで潤してくれた。

だが、そんな夢のような関係は、突如終わりを告げた。

夏の暑い夜、白渓の邑が襲われた。夜空を赤く焦がす火が、なにもかもを灰燼《かいじん》にしていく中、ただひたすら、家族を逃がすことに必死になった。黒熊が連れてきた旅仲間から託された幼い娘もいる。なんとしても、逃がさねば。自分が生き残ることなど、考えてはいなかった。

でも、最期の最期、庭の棗《なつめ》の木にもたれ、家族の一人にも等しい男のことを、ふと思い出した。

「……こんな邑を見たら、大声上げて泣くんだろうな……」

あの巨躯に似合わず、とても優しく繊細で、心根の正しい男だ。邑が蹂躙《じゅうりん》された姿を見たら、きっと傷つく。あの男に覚えていてほしいのは、穏やかで優しい時間だけでいい。連れてきた旅仲間を含めて三人で、庭を眺めて酒を呑みながら、いつも戦いが終わった後のことを話していた。そんな時間だけでいい。

ああ、あの時間があったから、戦禍は遠い地の出来事になった気がしていたのだ。こんなにも近くに終わりが迫っていたなんて、思いもしなかった。

閉じた瞼の裏、笑い合う友人たちの姿が浮かぶ。

「西王母《せいおうぼ》様、いつか……あの二人の……御二人の願いが叶いますように」

旅人が、ただの旅人でないことも、彼が連れてくる旅仲間が、ただの旅仲間ではなく、この国にとってどれほど大切な御方かも知っている。その御方から託された命は、蓮珠とともにこの災禍を逃げおおせたはずだ。

ああ、それでもこの邑に来た時、並んで家の庭を眺めて酒を呑んでいる時、自分たちは同じように子どもたちの将来に思いを馳せる三人の父親だった。

あの時間が、これからも生きていく彼ら二人の旅人にとって、重い足枷《あしかせ》でなく、道標となることを祈ろう。

それは、きっと、生き延びた子どもたちにとっても、いい将来になるから。

第一章 遺憾千万〔いかんせんばん〕

その街には、異国に来たことをはっきりと意識させる色があった。

「あれが、元都《げんと》……」

馬上の蓮珠は、進む街道の先に巨大な街門を見つけて呟いた。

草原の国・威国の都である元都。その郭壁は遠目にもわかる黒い巨石で組まれていた。

黒は威国の色だ。国色の囲いに守られた都、それは、白い壁で囲まれた相国の都・栄秋《えいしゅう》を思い出させる。

「どうした、蓮珠？　佩玉《はいぎょく》など握りしめて……」

すぐ隣で同じく馬上にある翔央《しょうおう》が問う。

蓮珠は、無意識のうちに握りしめていた佩玉を見つめた。

「……ついに、元都に来たんだな、と思いまして」

手の中の佩玉、その一部、紐を通した金剛石に視線が行く。

「なんだ、そりゃ？　陶蓮《とうれん》は元都に来たかったのか？」

逆側から張折《ちょうせつ》が尋ねてきた。さすが元軍師、馬慣れした小刻みな動きで、蓮珠の馬の横に自分の馬を並べる。

「佩玉についているこの石、金剛石なんですよ」

すぐ隣に来た張折に、蓮珠は佩玉上部の透明な石を見せた。

「は？　本当か？　そんな高価な石、付けて歩いているなよ、心臓に悪いぜ」

金剛石は、装飾品に多用される玉璧《ぎょくへき》に比べ加工しにくい石だが、磨いて得られるその独特な透明度と希少性で、小粒でも高価な宝石として知られている。

「言われなければ気づかないなら、家にしまっておくより安全ですね。それで、その石と元都に来ることにどのような関係が？」

張折に比べると幾分馬慣れしていない李洸《りこう》が、ゆっくりと馬を寄せてきて、蓮珠の手の中の佩玉を覗き見る。

「小さい頃、邑の近くの森で行き倒れていた旅人を助けまして、その人からもらったんです。これをもらった時、『もし、自分一人の力では、どうにもならない状況に陥り、助けが必要になったら、威国の元都にいる俺を訪ねるように』と言われたんです」

三人が三人とも、昔から厄介ごとに遭遇していたんだ……という顔をするものだから、厄介ごとではないと反論するために、蓮珠は懐かしくも温かな思い出を語って聞かせた。

「……威国の行商人で、助けてくれたお礼だと言って定期的に邑に食糧を持ってきてくれていました。わたしの威国語は、その人から教えてもらったものなので……す……」

そこまで言って、蓮珠はあることに気がついた。途中から気づいていたらしい元上司が、小さく呟く。

「陶蓮がガキの頃に、相国語も話せる威国の行商人が邑に来ていただと……？」

蓮珠が子供の頃、相国は威国と戦争中だった。すでに大きなぶつかり合いはなくなっていたが、それでも国境を巡る小さな衝突は幾度もあり、戦禍は相国東北部を疲弊させていた。そんな時期に、邑を訪れていた威国人。相国官吏だった頃の感覚で言えば、どう考えても、間諜《かんちょう》の類《たぐい》だ。

だが、蓮珠としては認めたくない。彼は、ある一時期ではあるが、蓮珠にとって家族だったのだから。

「その顔、いまのいままで考えもしなかったんだな。……いい思い出過ぎるってことか。まあ、もう白渓はない。だから、俺らに言えることは何もないな」

張折は、同様にやや険しい表情になっていた翔央と李洸に、首を振ってみせた。

「……そういうことでお願いします」

蓮珠は、佩玉を改めて手に握った。間諜ではないと思うのは、張折の指摘通り、いい思い出だからだ。もう白渓はない。邑を出た当時三歳と幼すぎた元妹も覚えていないだろう。蓮珠だけが覚えている話だ。

「蓮珠、まだ、それと決まったわけではないぞ。そう暗い想いに囚われることはない。再会できるといいな、その旅人に。……で、その者の名は？」

翔央に促されて顔を上げた蓮珠は、口を開けたものの声にならないまま、たっぷり迷って、小さく呟いた。

「…………黒熊さん、です」

思い出すのに時間がかかっているのかと思っていた三人は、ようやく蓮珠の口から出てきたその名に首を傾げた。

「はい？」

蓮珠は、先ほどより強く言い返した。

「そう皆で呼んでいたんですよ。だって、黒熊の毛皮を被って倒れていたから、当時のわたしは本当の熊だと思っていたんです！」

しばしの沈黙のあと、なぜか張折たちの視線が翔央に集まる。視線を受けた翔央が蓮珠に微笑んだ。

「そうか、黒熊殿か。……会えるといいな」

頷いた面々が一斉に蓮珠のほうを見た。

「微笑ましいものを見る目で言わないでください！」

いたたまれない気分になって視線を逸らすと、まだ遠い街門から馬が一頭、人を乗せて飛び出してきた。

相国の一団を先導する威国の人々も、翔央もすぐに迎撃の構えをとった。

「わーがーあーるーじぃ！」

その声で、翔央は馬上で構えた棍杖《こんじょう》を下げた。

「秋徳《しゅうとく》！」

翔央付き太監《たいかん》で、先に元都入りしていた秋徳だった。

翔央が騎乗する馬の腹を軽く蹴る。駆けだした馬が、駆けてくる馬に接触する手前で秋徳が馬を飛び降りて、その場に平伏した。

「その声、まさしく我が主、郭《かく》翔央様。……お亡くなりになられたのは、主上にございましたか」

同じく馬を降りて、平伏する秋徳に駆け寄ろうとした翔央の足が止まる。

それは、この場の誰の身にも深く刻まれ、雑談で束の間蓋《ふた》をしていた記憶を浮き上がらせる言葉だった。

「……ああ。叡明《えいめい》が死んだ。父上も。明賢《めいけん》は乾《けん》集落に残るそうだ。俺だけが、ここにいる」

翔央の目が元都の街門のほうを見る。でも、そのうつろな目に、本当に元都が映っているのか、蓮珠にはわからなかった。

中元節《ちゅうげんせつ》を前に、大陸西の相国は大きな転機を迎えた。大陸中央を二分する勢力と言われていた龍義《りゅうぎ》と、その軍勢により、危うく都・栄秋を戦場にしかけた。これに、時の皇帝が相国北西にある楚秋府《そしゅうふ》への遷都を行ない、譲位を迫るために栄秋に攻め込む龍義軍に大義名分を失わせる策に出た。さらに、譲位の相手を龍義ではなく、大陸中央を二分する勢力のもう一方を率いる龍貢《りゅうこう》と決めて、交渉を進めた。

龍義は、相国を奪うために、ついに自ら動きだし、そこに後継者問題を抱える華《か》国が絡んでの、混沌《こんとん》とした状態での威国への逃亡となった。

威国との国境まで行けば、威国の黒公主《こくこうしゅ》（威国内では『威公主』でなく『黒公主』と呼ぶように本人から言われている）が駐留している地は目の前。そこで救援を頼むことができるはずだった。だが、龍義と彼が率いる部隊に追いつかれて、先帝・郭叡明は龍義と相討ちに。本物の威皇后・冬来《とうらい》は、その叡明を救出するために自ら滝壺へと身を投じ、その後、戻ってくることはなかった。

皇帝夫妻を失った現実を受け入れきれないままに入った乾集落では、こちらの裏をかいた華王とその護衛兵たちの急襲を受けた。ここで、華王と深すぎる因縁ある先々帝・郭至《し》誠《せい》が華王との『私闘』という形で一騎打ちに持ち込み、最終的に相討ちに終わった。

一連の出来事によって、郭翔央は、龍貢に正式に相国皇帝を禅譲するまでの、短期ではあるが、相国新皇帝となったのだ。

皇帝の身代わりが、ついに本物の皇帝に即位したのである。

その新皇帝・郭翔央の最初の外交行事が、今回の威国行きだった。威皇后を喪《うしな》った件の謝罪と、今後の後ろ盾を威首長に頼むためだ。この『今後の後ろ盾』は、新皇帝ではなく、相国そのものに対する後ろ盾のことだ。郭家が退いた後の相国も変わらず同盟を維持し、かつてあったような戦争状態に戻らないための懇願をしに威国の都・元都まで来たのである。その相国側一団には、新皇帝・翔央を、外交交渉役として支える李洸・張折が同行している。また、引き続き蓮珠の側仕《そばづか》えとして太監の魏嗣《ぎし》と女官の紅玉《こうぎょく》も一緒だった。

ただし、蓮珠は本来であれば、ここに居ていい人間ではない。蓮珠が威国に向かったのは、後宮解体に伴い威国へとお戻りになる威皇后の、その身代わりとして無事に祖国に戻る威皇后の姿を相国内に見せるためだった。だが、まったく無事ではない逃走劇を晒した上に、威皇后本人を喪った。

改めて馬に乗ったはいいが、秋徳は一人元都に居て溜めこんだあれやこれやが込み上げたのか、馬上で泣いている状態だ。これには、翔央だけでなく、李洸と張折も馬を寄せて、秋徳を宥《なだ》めにかかる。蓮珠はそれを少し離れて見ていた。一頭の馬を四頭で囲むのは良くないだろうという考えと、秋徳を宥める言葉が出てこないという思いがある。

秋徳は翔央の忠臣だ。その彼のもとに届いたのは『相国皇帝崩御』の報のみだったはずだ。身代わりの皇帝である翔央が皇帝のまま崩御したかもしれないと、誰にも言えぬまま震えていたのではないだろうか。

主と仰いできた人を喪う仕える側の心情を、蓮珠も理解できる。冬来がいないことが、その姿が崖の向こうへと消えた時のことが、ふとした瞬間に蓮珠の心を抉ってくる。

「あの方が見たら、きっと呆れられてしまうよね」

ただ、その言葉だけを、繰り返し自分に向けて呟いている。

一人、前を馬で進む四人の背を眺め、馬上で呟く蓮珠の馬の横に黒公主が馬を並べた。

「陶蓮、どうしたの？」

冬来がいない現状で、蓮珠がここに居る理由の八割は、この黒公主の決定による。

翔央は、誰に言うでもなく蓮珠を連れて行く気でいたが、李洸と張折は難しいと考えていた。公的な立場もなく、蓮珠が威国まで同行しなければならない理由も希薄だった。それでは威国側からの入国許可が出ないだろうとみていたのだ。

ところが、黒公主は『威国首長の部族の公主が、隣国の友人を招くのに文句を言う者はいないわ』と、あっさりと蓮珠の入国許可を出した。

「……もうすぐ元都に着くのだと思いまして」

先ほどまでとは異なる、気の重さをにじませて、蓮珠は黒公主に答えた。

翔央たちには見せられない顔をしている自覚はある。

自分がこの威国行き一団に加わっていることを快く思わない者は多いだろうと予想しているからだ。元都に入れば、好奇に加えて悪意の視線も向けられることだろう。まして、宮城に入れば、身代わりでありながら生き残った者だと知って、憎悪を抱かれる可能性は高い。冬来――白公主《はくこうしゅ》は、黒公主を筆頭に弟妹に慕われた武人なのだから。

「そうね、陶蓮が懸念するように、向けられるのは好意的な視線だけではないと思うわ。まっ、そこらへんは、ワタクシとハルで睨みを利かせるし、首長の滞在許可が正式に出れば問題ないでしょう」

頼もしいお言葉だ。ありがたく思う一方で、自分などに威首長は正式な滞在許可をくださるのだろうかという想いもある。

「不安そうね。……よし、先に宮城に行って首長から正式な滞在許可をもらってくるわ」

「……へ？　黒公主様、それはあまりにも……」

危険と言いかけて言葉を止める。ここが栄秋ならば、警備体制のもろさの指摘は自国に対する自虐《じぎゃく》であるが、ここは威国の都だ。威国十八部族を率いる黒部族の公主に、『一人で行くのは危険だ』と言うのは不敬にあたるのではないだろうか。そう思ってのことだ。

蓮珠が飲み込んだ言葉を悟ったように、笑顔を見せる。

「大丈夫よ。元都はワタクシにとっては、宮城の庭の一部のようなものだわ。陶蓮は、あとからゆっくり来なさい。それに宮城に着くまでは、誰も陶蓮の事情なんて知りやしないんだから、堂々と元都を楽しんでちょうだい。自国自慢だけど、活気があっていい街よ」

言うや、黒公主が馬を加速させた。止める間もなく、街門に向けて馬を走らせる。

「なにごとだ？」

翔央に声を掛けられた時には、すでに街門を入った馬影が宮城に向かう大路の先に小さくなっていた。

「……宮城に向かわれました。城に着くまで、元都の街を楽しむようにとおっしゃって」

蓮珠が応じると、秋徳が馬上でビクッと身体を弾ませた。

「どうした、秋徳？」

「あ、いや……それは……」

主の問いに秋徳が口ごもった時、先導する威国の人々が街門を入り、声を上げた。

『これは、どういうことだ？』

彼らに続いて街門を入った蓮珠たちは、逆に声も出なかった。

そこは廃墟のように静かだった。

話に聞いていた街のにぎわいはなく、それどころか人ひとりも歩いていない。大路の左右に並ぶ店はどこも閉ざされていた。

『いったい、なにが……』

初めて元都に入る蓮珠たちよりも、先導していた威国の人々のほうが困惑していた。

秋徳がまたも馬を降りてその場に平伏する。

「申し訳ございません、翔央様！　この状況を説明するために、街門の外まで相国からの一団をお迎えする任を与えられたというのに、貴方様のお姿が見えた瞬間、その……全部吹っ飛んでしまって……」

これに張折が唸った。

「おまえ、あとで説教な。……で、とりあえず、どういうことか手短に説明しろ」

「はい。現在、元都は喪に服しております」

手短過ぎた。右から左に秋徳の言葉を威国語でほかの人々に伝えるも、全員で首を傾げる。

「都全体が喪に服していると？　それは威首長、もしくは近しいどなたかの身に……」

翔央が全員の疑問を代表して問うも、その問いを訳した蓮珠に威国の人々が、それはありえないと馬上で首を振って否定する。

『首長や、その周辺、部族の長の誰かが亡くなったぐらいで、街全体が喪に服していたら、都はしょっちゅう機能停止に陥るぞ。ここは、相国でなく威国だからな』

それで周囲の威国人どころか、それを訳して聞いた相国側も頷く。

「いや、我が国でも皇族の誰かが亡くなったところで、栄秋の街どころか、役所も閉めないな。せいぜい、皇族や中央の官吏が素服《そふく》（喪服の一種）を着用する程度だ。なにせ、栄秋港は大陸指折りの貿易港だ。商売を止めるわけにはいかん」

翔央が言い、李洸と張折が頷く。蓮珠が通訳すれば、威国の人々も『それもそうだ』と納得を示し、再びこの街の状況に全員が納得いかずに、秋徳に視線を集中させる。

「いえ、それが……」

それに秋徳が応じる前に、先に宮城へ向かった黒公主が馬を急がせて戻ってくる。

『陶蓮！　宮城の門まで閉ざされているわ！』

威国語の早口の叫びに反応したのは、蓮珠と張折だけだった。

「宮城の門が閉じているだって？」

今回の相国一団は、新皇帝・翔央と丞相・李洸もいる、公式にして最上級の外交使節団である。それに対して、威国では宮城の門を閉じているというのだ。実質、相国使節団の受け入れ拒否だ。

元都に着いた途端、新皇帝の初外交が失敗したということになる。

「……おいおい、今更受け入れ拒否されても、元都の街門を入っちまったぞ。威国側の許可なしに街門を出られないのに、どうすんだよ……」

馬上の張折が天を仰いで呟いた。

「大丈夫です。そのために自分がお迎えにあがったのですから！」

秋徳が明るい声で言った。本来の自分の任務を思い出したということらしい。

宮城からの受け入れ拒否をくらった相国一団だったが、幸いにして路頭に迷わずにすむようだ。

「そういうことは、真っ先に言ってくれませんか。自分の部下であったなら、処罰に値する事案ですよ」

李洸の糸目が笑っていなかった。蓮珠は、自分が叱責の対象でなくても馬上で背筋を正した。

後が怖いと震える秋徳の先導で蓮珠たちが向かったのは、翔央の姉公主で、威国の蒼部《そう》族の太子に輿入れ《こしい》して蒼妃《そうひ》となった蟠桃公主《ばんとうこうしゅ》が用意してくれたという、蒼部族が元都の街に置いている迎賓館を兼ねた商館だった。

中に入ると、いくつかの視線を受ける。着ているものや顔立ちから高大民族のようだ。秋徳によると、商売のために元都を訪れた東の凌《りょう》国の商人などが、この町での拠点として使っており、昼は市場で店を出し、夜はここに寝泊まりしているそうだ。商談を行なう部屋も用意されていることもあり、防犯対策に民族を問わず用心棒が置かれている。

外交使節団の滞在先としてはいかがなものかと思うが、相国一団は、無言のままこれを受け入れた。蒼部族所有という信頼度の高さもあるが、現状、街はどこも喪に服しているので、代わりが見つかるわけがないというのもある。

商館には、すでに相国一団のための部屋が整えられていたが、そこに蒼太子と蒼妃の姿はなかった。

「蒼妃様は宮城の蒼部族の幕営におられます。崩御の報せを聞いたときから、呆然自失の状態で蒼太子様の支えなしには歩けないほどでした。蒼太子様が、もう少し落ち着くまでは、お会いしないほうが良いと判断されました。その……どうやってもいらっしゃらない方を思い出すことになるだろうからと……」

「そうか。……姉上は、蒼太子様に大事にされているということだな。安心した」

蒼太子の判断を、翔央は受け入れた。

そこに黒太子《こくたいし》が入ってきた。

「すまない。……この状況は、どうやら威首長が相国先帝崩御を受けての服喪を、元都全体に出したことによるものらしい」

宮城まで確認に行った黒太子だったが、その場の誰も納得できないというのが本音だ。相国側としても首を傾げるよりない。他国の、しかも今となっては先々帝となった人物の死を悼んで、宮城の門を閉ざすのみならず、都の民にもそれを命じるとは。

「……息子としてありがたいが、なんというか……威国の方々に大変申し訳ないという気がする」

翔央が、服喪に謝意を示してから、天井を仰いだ。

「ここまでの服喪はさすがにそこまで長くはないだろう。宮城へは、開門してからご挨拶に伺いたいのだが」

翔央の提案に、黒太子は頷いた。

「もちろんだ。こちらからも迎えを出す。相国新皇帝の初訪問なのだから」

黒太子と翔央が交わす言葉を頼もしく思ったが、その後、相国一団は宮城からの報せがないまま商館に滞在することになる。

相国からの一団が蒼部族の商館に滞在することになって、すでに十日が経っていた。元都の服喪は最初の三日で開けたが、宮城の門はいまだに閉ざされたままだ。

商館には、凌国からの商人もいて、相国一団の貸し切りというわけではなかったので、日々の食事などは、商館の食堂を利用するなり、それぞれに街中で食事してくるなりして過ごしていた。

ただ、商談を終えれば去って行くほかの商人たちとは異なり、思わぬ長期滞在になっていた蓮珠たちは、食堂で出てくる威国の料理に少々飽いてきていた。

「今朝も宮城の門は閉じられたままらしい。なんでも、宮城の裏庭はとてつもなく広くて、各部族の都での拠点が置かれているばかりか、各部族の本拠から送られてきた地方食材が手に入るらしいぜ。だから、業者を入れずとも食うに困らないんだと……。魚とかもあんのかな？　くー、籠城戦《ろうじょうせん》向きだとか考えるより先に、単純に羨ましいぜ」

大陸でも指折りの貿易港を持ち、食に恵まれすぎた栄秋育ちの張折がため息をつく。軍師を離れてそれなりに経っているせいか、食の量にも単調さにも飽いているようだ。

食堂の卓を囲んでいるのは、翔央、李洸、張折、蓮珠の四人だった。秋徳、魏嗣、紅玉は街へ食事に出ている。初日は三人とも近くに控えていたのだが、商館では悪目立ちするので食堂での給仕は不要とした。これには、事情を知らない者から見ると、魏嗣と紅玉の二人の使用人を連れている蓮珠が、四人の中で一番偉く見えてしまうからというのもある。

「それでいくと、我々は兵站《へいたん》不足というところですね」

籠城戦だとしたら、相国一団は敗色濃厚だ。蓮珠は、やや呆れてそう返した。

「こちとら戦をしに来ているわけじゃねえんだ。威国は酒に強い奴が多いって話だから、うまい酒が飲めると期待していたんだけどなぁ」

張折が卓上に置かれた馬乳酒の入った革袋を眺めて、またため息をついた。

「馬乳酒は、この国では普通ですよ」

蓮珠は元上司をそう言って宥めたが、張折は首を横に振ると小声で反論した。

「陶蓮。普段から飲み慣れていないものでは、味の違いがわからねえ。なにか仕掛けられても気づかないのは、悪手だ」

そんな風に叡明っぽく言われても困る。

「そんなこと言い出したら、ずっと威国料理が続いているんですから、お酒以外の食事も含めて、口にするすべてがダメじゃないですか。だいたい、栄秋とは食材が違うんです。栄秋と同じ料理が出てこないのは当たり前でしょう」

宮城に拒否されているも同然の相国一団なのだ、蒼部族の商館に滞在させていただいているだけでもありがたいという話だ。この上、食堂で出してくれている料理に文句など言えるものか。

　蓮珠が元上司と睨み合いになっていると、同席していること自体が恐れ多い最高位の方からご提案を賜った。

「ふむ、たしかにこの状況が続くのは良くないな。威国の負担となるのは良くないことだ。どうだろう、自分たちで食材を調達し、自分たちで料理をするというのは？」

　皇帝の一言に逆らう者はいない……というより、逆らったところで、この皇帝陛下は、一人で食材を調達してきて、厨房を借りると言い出しかねない。蓮珠は李洸、張折と視線を交わして頷くと、翔央に付き添って商館を出た。


　四人で向かったのは、元都のほぼ中央、やや南寄りのところにある都で最も大きな市場だった。

「人が多いな。さすが一国の都の市場だ。このあたりの部族ではなさそうな衣装の者も多いし、高大民族と見える者もいる」

　店の者との対話は威国語を話せる蓮珠と張折の二人に任せ、荷物持ちに徹していた翔央が、あたりを見渡して言った。

　つられて周囲に視線を向けた蓮珠に、翔央が笑って提案する。

「どうだ、宮城側の迎えが来るまで、なにか我々も店でも出すか？　秋徳に茶屋でもやらせれば、いい商売になるんじゃないか？　凌国までの路銀稼ぎになるぞ」

まがりなりにも皇帝が路銀稼ぎとは……。蓮珠はどう返せばいいかわからず上司のほうを見た。その上司はと言えば、額に手をやり、なんとか返答した。

「……勘弁してください、主上。荷物持ちしていただいていて言うのもあれですが、これ以上、国家の威儀を損なうことをなさるのはいかがかと思いますよ」

張折は相国茶屋を想像したのか、身を震わせて『春礼《しゅんれい》に見られた日には俺の命がないぜ』と呟いていた。

「気にすることはない。荷物は俺が持つのが一番見た目に自然だ。それに街の様子が見たかったのも俺だしな」

荷物持ちが自然に見える皇帝ってはたして自然なんだろうかと思うが、そのとおりではある。なにせ、文官中心の一団なので、最も体力があるのが元武官の皇帝陛下その人なのだから。

「……じゃあ、ちょっと街の様子を窺ってきますね」

蓮珠はすぐ近くの露店で凌国から仕入れたという果実を売っている老女に歩み寄る。

「頼もしいですね。……交渉役は元軍師殿と思っていましたが、そうでもないようだ」

視線では露店に並ぶ品々を確認しながら李洸が会話に入ってきた。これに張折が鼻を鳴らす。

「部下のお株を奪うわけにいかねえだろう。……まあ、本音を言うと、元軍師が表に出るべきじゃない」

李洸が表情を引き締めて張折に歩み寄る。

「純正文官の私や彼女では感じない視線ですかね？」

張折は表情を変えることなく口の端だけ軽く上げた。

翔央は周囲に視線を向けることとなく、こちらは苦笑いに口の端を上げた。

「……俺は殺気も感じている。その半分は腕試しがしたくてたまらないというところだが、残りは純正憎しみのまなざしだな。凌国から来たようには見えない何かがあって、相国から、あるいは大陸中央から来た者に見えるのか。……これでも、姉上や片割れのおかげで、相国への心証は幾分和らいでいるはずなんだが」

荷物持ちその二の李洸が翔央に同意を示す。

「そうですね。……黒部族の部隊の方々とは、あきらかに異なる視線にございます」

その会話を肩越しにチラッと見て、蓮珠は再び露店の店主のほうを向いた。老女は、男三人に女一人の高大民族の一団に、やや警戒心を示した。

『……あんたら、淩国の者じゃないよね。どっから来たんだい?』

あきらかに威国語ではない言葉で話しているのだ、何を言っているのかがわからなくても、高大民族の言葉であることはわかるのだろう。

老女の声が聞こえたのか、張折が店前から距離をとる。

「これって、正直に答えていい話ですかね。見方によっちゃあ、俺達は龍義軍から逃げてきた者どもだ。強いことが重要な基準となるこの国で、相国の者は逃亡者であり弱者であるという扱いで、存在すら許されないってことかもな」

たしかに強いことが物事の基準になるこの威国で、弱い者の居場所は限られている。戦場でだけ威国の人々と向き合ってきた元軍師の認識は、間違ってはいない。

だが、黒熊が教えてくれた。威国の人々は、戦場を離れた場面でも弱者の存在を許さないわけではない。

蓮珠は、周辺の店前に立つ人々を確認してから老女に微笑んだ。

『おばあさん、実はですね……』

続けた威国語に、店主の老婆が笑みを返してくれた。

購入したいくつかの瓜と梨を手に、蓮珠は翔央たちの居るところに戻った。

「いい話が聞けました！　高大民族の……凌国の人たちが通うのは、街の東にある市場のほうだそうです。そこならば、凌国の人たちが集まる高大民族向けの飲食店や食材を売る店もあるみたいですよ」

一団は、蓮珠の言葉で、ここが地元の民が集まる市場と察し、すぐに移動を開始した。

蓮珠は、教えてくれた果物屋の店主に軽く手を振る。店主の老婆も笑顔で振り返してくれた。

「おい、陶蓮。おまえ、なんて言って高大民族向けの店を教えてもらったんだ？　……なんか、俺は睨まれたんだが」

張折が蓮珠に小声で問いかけてきた。

「……えっと、どこから来たのかは明確に答えずに『遠方から交渉事があってきているのですが、あまりの長旅で故郷の味が恋しくて嘆く上司がいるので、部下としてどうにかしたいんです』と訴えてみました。とっても同情してくれました。国は違っても、上司の言うことに振り回される部下というのは共感を呼ぶんですね」

張折が肩を落とした。

「……俺は振り回してねえぞ。街の様子を見たいと言い出したのは、あちらにおわす荷物持ち様だからな」

荷物持ち皇帝が首を傾げる。

「俺もなにも振り回してなどいないぞ。荷物を持って歩いているだけだ」

威国は、大陸中央を挟んだ大陸南部の大国・華との国交がない。華国の民が頻繁に出入りしていた栄秋とは違い、ここ元都の人々は、大陸南部特有の背の高い人々を見る機会がほぼないのだろう。故に、翔央は、ただ歩いているだけで非常に目立つ。

「凌国の人々が多い場所ならば、それほど気にされることもないでしょう。さあ、行きますよ」

先導する蓮珠の後ろで、李洸が小さく呟いた。

「皆を振り回しているのは、どうやら蓮珠様のようですね」

蓮珠の目は、もう街の東へと向いていた。


元都の東にある市場には、さきほどの市場よりは小規模だったが、あちらよりも高大民族の姿が多かった。中には、大陸の南の方から来たのか背の高い人ともすれ違う。

『すみません、旅の途中で元都に立ち寄ったのですが、ある程度まとめて購入しても大丈夫ですか？』

「このあたりの店は、高大民族の言葉でも大丈夫だよ。知らないところを見ると、相国から来たのかい？　遠路お疲れだったね。必要なだけ買っていくといい。凌国から仕入れた食材も多いから、ゆっくり見ていってくれ」

さすが高大民族が多く集まる市場だ。蓮珠は、ありがたく並べられた野菜や果物を見る。

「……本当に食料は入っているんですね。お城はいまだに喪中で門が閉じられているのに」

「ああ。これから商売を始めるつもりで元都に来たのかい？　そりゃあ機が悪かったね。お役所が閉まっているから新しい許可の申請ができないよな。俺たちも許可証の有効期限が切れる前には開いてもらわないと、店をたたまなきゃならないんで困っているよ」

どうやらすでに商売の許可を得ている者は、その許可の有効期限内は商売を続けられるから、こうして市場に店を出せるということのようだ。

並ぶ品を眺めれば、栄秋でもよく見かけた食材が多い。立秋という季節のせいか、瓜や梨、棗《なつめ》などが山盛りになって売られている。これが、店主の言う凌国から仕入れたものだろう。

「では、こちらの野菜と棗を。……上司がこれを肴に酒を呑むので。ついでに美味しいお酒を置いてある店があれば教えてくれますか？」

一応、上司への配慮を忘れていませんよ。それを示そうと張折のほうに顔を向けた蓮珠は、視界に入ったほかの店の品ぞろえに、わずかな引っ掛かりを感じて首を傾げる。

「三軒先の角に、瓶で酒を売っている店があるよ。行ってごらん。店前に瓶が並んでいるからすぐにわかるよ。……大丈夫かい？」

店主に言われたことが頭を通り過ぎていた。

「あ、ありがとうございます！」

買ったものを受け取った蓮珠は、すぐに翔央たちの居るところに戻ると、買ったばかりの野菜や果実を渡して、もう一度周囲を見渡し、店に並ぶものを見る。

「どうした、蓮珠？」

翔央の問いに応じかけた蓮珠だったが、張折と目が合い、自分から問う。

「店の店主によると、城が閉まる以前に商売の許可を得ていたならば、その許可の期限内で店を開いて問題がないようです。……張折様、お気づきですか？」

張折は頷くと、ため息とともに顔をしかめた。

「おう。お気づきだよ。……こりゃ、城が開くまで長そうだな」

張折が言うなら間違いない。蓮珠もまたため息をついた。

「どうなさったのですか、お二人とも？」

皇帝一人を荷物持ちにするまいと、慣れない荷物持ちをしている李洸が尋ねてきた。おそらく周りを見る余裕がないんだろうとも思うが、李洸に珍しく気がついていないようだ。

張折は視線で飲食店を示すと、無言でそちらに歩き出す。

こちらの市場は先ほどの中央市場と異なり、相国の言葉でもわかる者が多いので周囲に配慮する必要があるからだ。店の端に座った上で、張折ができるだけ小声で簡潔に説明する。

「市場に並んでいるものの品ぞろえが、ちょっと偏っているんですよ。主上と丞相は、さすがに威国の市場の品ぞろえなんて、ご存じないでしょうから致し方ない」

翔央が首を傾げて並ぶ店に視線を向ける。

「以前、蓮珠と栄秋の下町の市場に行ったことがあるが、それとあまり変わらないように思えるが？」

そんなこともあった。威妃が威皇后になる立后式準備でのことだ。ほかでも翔央は、城を出て栄秋の街によく行っていたが、多くは飲食店であって、市場で食材や日用品を購入するということはなかったのではないだろうか。

「変わらないことが問題なんですよ。……ここは、威国です。高大民族向けと言われる東の市場と中央の市場の品ぞろえがほぼ変わらない。妙に凌国の産物が多いんです」

李洸が問題を理解して、眉を寄せた。

「それは、国内の流通が滞っているということですか？」

張折は、さらに声を潜めた。

「ついでに言うと、我々は十日も元都から出られない状態が続いているわけですが、凌国からの野菜も果物も新鮮なんですよ」

翔央が張折の言葉を受けて視線だけ、店の向かいに並ぶ露店に向ける。

「実は、許可云々の問題でなく、凌国との交易に制限はかかっていない状態で、商人たちもちゃんと出入りできている、ということか」

「こういう状況を作り出すのは、実際に店を出している者たちだけでできるものではありません。おそらく、宮城が国内の物流に制限を掛けているのだと思います」

翔央に応じた蓮珠の考えに、張折も賛同し、さらに付け加える。

「小官は、物の流れを厳しく確認しているんじゃないかと思うんですよ。よろしくないものが出回っていて、その出所を探っているとか。……地元の者しか行かない市場に潜り込めれば、具体的にどこのあたりの者を監視しているかわかるかもしれないですね」

国内の者向けの市場で、物が入ってきていない地域を確認することで、どこの物流が止められているかがわかる、ということらしい。

「なるほどな。喪中だけが宮城の門が開かない原因ではなかったということだ。……もう少し詳しい情報を集めておきたいところだが、威国の民が多い市場に潜り込むのは、我々では無理だろう。……よし、探らせよう。白豹《はくひょう》、いるな？」

翔央が、視線を上に向けて、小声で問いかける。

「もちろんです、主上」

かつて陶家で聞いていた声がどこからか聞こえる。小声なので近くにいるはずなのに、相も変わらずその姿は見えない。

「白豹さんも元都に来ていたんですね……」

「我が一族は相国皇帝陛下にお仕えする身ですので」

叡明たちの不在の実感が、じわりと身体に広がる。

「白豹も買い物慣れしているだろう。市場の様子を見てきてくれ」

「御意」

返事と同時に離れたのだろう。翔央が改めて蓮珠たちを見て提案した。

「……俺達も、この市場で話を集めてみないか？　高大民族が多い分、ほかでは聞けないことも聞ける可能性が高いだろう。どうだろう？」

翔央が、張折と李洸に問いかける。叡明が皇帝の時にはなかった光景だ。

「よいお考えだと思います。同じ高大民族です、威国の民より警戒心は薄いでしょう。外から来た者同士、情報を求めることは不自然ではありません。この市場の規模であれば、手分けしてもそう時間はかからないでしょう。……それぞれに土産を探しているついでに聞くぐらいの軽い話がいいでしょう」

「丞相に賛成です。ただ、さっきも言ったように事が長期化する可能性が高いんで継続的に情報を集められるようしておきたいところです。なので、初回は軽めの話で切り上げて、相手に警戒心も持たせないよう意識する必要があります。手分けをする以上、そのあたり自分でどうにかしてもらうよりないんでくれぐれも気を付けて。商売人は横のつながりが強固だ。どこかで怪しまれると、それはほかの店にも伝播するんでね。あと、今後の接触で話の齟齬《そご》が出ないように、我々の状況を統一しておきましょうか。『相国から元都に商売をしに来たが、宮城が閉じていて、どうにも足止めを食らっている』あたりでどうでしょう。商売の内容は……宮城の出入り商人を希望しているということにしましょう。市場で店を出すわけじゃない……というほうが、親切心から口利きするとか言われずにすむんで。陶蓮、なんか口実にちょうどいい宮城への売込み品はないか?」

行部《ぎょうぶ》での経験上、宮城のどの部署でどんなものを買い入れていたかはある程度把握している。だが、威国宮城に相国から来た商人が売り込むとなると……。

「宮城向けですよね……あ、いいものありますよ。大衆小説です。書籍は、威国では宮城にお住いの方々でなければ買えないような希少品ですから。それに、完全宮城向けである分、わからない人が多いはずなので、詳しく聞かれることもないと思います」

「たしかに。……それなら、陶蓮が中心となる商人だな。俺は威国語ができるから相国からの道案内役でいいか。お二人も自分でできそうな範囲で設定考えておいてくださいよ」

張折は自分の配役を決めると、さっそく李洸は『同行者であり、元都に商売を探しに来た商人』、翔央は『道中の護衛』の設定で行動することで話がまとまった。

「じゃあ、それぞれ、目立たぬように行きましょう」

茶屋を出ると、四人はそれぞれに違う方向へと歩き出した。

蓮珠は店を出ると、凌国製の装飾品や小物を売っている店が並ぶ通りに向かった。娯楽の品や嗜好品《しこうひん》を扱っている店も多く、食料品や日用品の店とは異なり、買いに来ているのは、威国の富裕層と見える人々だった。高大民族は本国で買えばいいので、当然と言えば当然である。

この市場は小規模だが、動く額は大きそうだ。蓮珠は、店先に並ぶ品を眺めながら、それらを値踏みして、ため息を飲み込んだ。数軒先の店に置かれている凌国の家具は、技術大国で知られるだけあって、これでもかというほど細やかな飾り彫りが施されている。栄秋でも豪商の屋敷ぐらいにしか置かれてなさそうな物ではないか。

店を見ていて客だと思われては面倒になると、視線を店前の通りのほうに向けると、ちょうど通りの向こうから歩いてくる人物に視線を引き寄せられた。

その人物は、大柄な身体に黒衣をまとい、全身から周囲に圧をまき散らしていた。無造作にひとつ結んだだけの荒々しい髪型、形相《ぎょうそう》も鋭く、少し日に焼けた角ばった顔に、濃く太い眉が引かれている。

誰もが、瞬時に直視を避けて視線を下げる中、蓮珠は逆に目を離せなかった。

相手も蓮珠の視線に気づき足を止めた。

目が合う。お互いに、これでもかというぐらい目を見張った。

「……黒熊おじさん？」

恐る恐る問いかけた蓮珠に、相手がゆっくりと表情を変えていく。

「……そなた……もしや、小蓮か！」

叫んだその顔は、先ほどまでの硬い表情から一転、喜びに破顔していた。

第二章

一飯千金
〔いっぱんせんきん〕

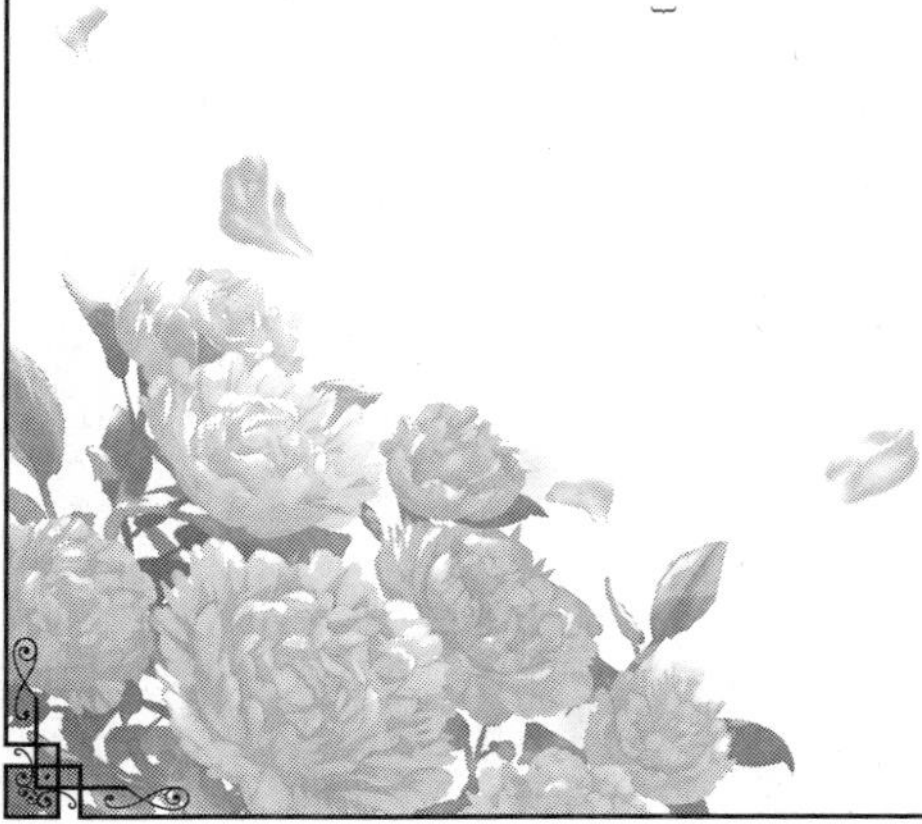

小蓮、それは蓮珠の幼名だった。生まれ育った邑が失われ、そう蓮珠を呼んでいた人たちは皆亡くなった、そう思っていたが……。

「黒熊おじさん！」

その確信が、蓮珠の心を在りし日に一気に引き戻した。

「ほら、これ！　おじさんがくれた金剛石！　翠玉《すいぎょく》と二人で分けて！」

佩玉を見せながら駆け寄った。

「おじさんが……、おじさんが言っていたとおり、この石がわたしと翠玉を護ってくれたよ。……でも……」

故郷を失ったあの日、幼い妹の手を引いて生きるために封じこめたなにもかもが、蓮珠の胸の奥底から涙とともにあふれ出し、続く言葉を詰まらせた。

だが、続く言葉などいらなかった。黒熊は、なにもかもをわかっている顔で、頷いてくれた。

「そうか、そうか。……さすが、俺の護り石だ。二人も護ったんだな。よく、妹とともに生き抜いた。えらいぞ、小蓮」

子どもの頃とは違い頭ではなく、肩を撫でられる。そのことが、ゆっくりと蓮珠を今に引き戻していく。

「黒熊おじさんも元気そうで、良かった。あの日、もし白渓に来ようとしていたら巻き込まれたかもって思って、ちょっと心配だったから」

なんとか笑ってそう言った蓮珠に、黒熊が豪快に笑い声をあげた。

「なんだ、ちょっとしか心配してくれなかったのか？」

「だって、おじさんはすごく強い人だったから、最終的にはなんとかしただろうなって」

蓮珠が急ぎ否定すると、黒熊は俯いた。

「そうだな。……いいや、俺があの夜、邑にいたなら、あんなことには……」

その黒熊の言葉に、蓮珠は恐る恐る問いかけた。

「あんなこと……。黒熊おじさんは見たの？　わたしは、白渓がどうなったのか見ていないの。大人になるまで、逃げた先の街を出ることはなかったから。見たのは軍の直轄地になったあとのことで、どの家も、天帝様や西王母様の祠《ほこら》もなくなっていて、白渓だったことは、立てられた石碑でしかわからなかった。庭木もなくなっていたよ」

大人になって帰った故郷には、在りし日の白渓の姿を知るものは、何一つ残されていなかったのだ。軍の直轄地になったことで、演習場として更地にされたためだった。

「国境近くに居たんだ。遠い夜空が燃えていた。……馬を急がせて着いた時には、すでに焼け跡だけだった。陶家の三人は丁重に弔った。白猫《はくびょう》も居たから相国式で、な。俺には、それしかできなかった。すまんな、小蓮」

白猫は、黒熊と同じく旅をしている高大民族の人だった。黒熊が邑に来ると、時を合わせて白猫も邑に来ていた。

「ありがとうございます、おじさん。……そうか。白猫さんも無事だったのね。おじさんも白猫さんも巻き込まれなかったんだ。本当によかった……」

落ち着いたはずの涙がまたこみ上げてきた。

「小蓮こそ、良く生きていてくれた……」

黒熊の大きな手が、蓮珠の肩に再び触れようとしたその直前で、黒熊が急に蓮珠から離れた。

「おじさん？」

顔を上げた蓮珠の前に、突如人影が立つ。

「この者に、なにをした？」

低く鋭く、よく通る声が黒熊を詰問する。

誰かと確かめるまでもなく、この声は翔央のものだった。

「翔央様……、誤解です。なにもされてなどおりません」

おそらく、翔央は蓮珠が威国の人に泣かされる目に遭っていると思ったのだろう。たしかに、黒熊との再会で盛大に泣いたわけだが、それは何か悪いことをされたというわけではない。誤解を解かねばと翔央に説明しようとしたが、集まってきた人々の囃《はや》し立てる声にかき消されてしまう。

場所が悪かった。このあたりは、威国の民が多い。争いの気配に反応しないわけがなく、周囲には多くの人が集まってくる。

「……おまえ、誰だ？」

黒熊の表情が険しい。黒熊からすれば、いきなり現れた高大民族の男に詰問されるなど、威国的には喧嘩を売られたような状態だ。それは、腰に下げた得物に手が伸びるのもやむなしではあるが、ここは納めてもらわねばならない。

「お二人とも……」

蓮珠が二人を止めるために前に出るその瞬間、場が動いた。黒熊が手にした斧を構えて、翔央の居る前方に飛び掛かったのだ。これに蓮珠は、反射的に後ろに下がった。

それを横目に見た翔央が、黒熊の斧を棍杖で受け止めて弾いた。真正面から受けるのではなく斧の勢いを棍杖で受け流しての返しだった。黒熊の斧には早さがあったのに、それをとっさに受け流したことで、周囲の人垣からは感心の声が上がる。

「ほう……。いまのを受けられるのか」

黒熊は黒熊で、楽しそうな顔をしている。威国人に特有のものなのだろうか、冬来や黒公主が時折見せていた表情にそっくりだ。

すぐさま黒熊の斧が舞って、振り落とされる。体を回転させてそれを避けた翔央が、そのまま棍杖を黒熊に叩き込む。だが、それは斧で受け止められた。そこからは激しい打ち合いに転じる。どちらも長身と巨躯とは思えない速さで動く。とてもではないが、蓮珠では制止の声を掛けられそうにない。

「これは、なにごとですか？」

騒ぎを聞きつけたのか、李洸が蓮珠に駆け寄ってきた。

「李洸様、詳しくはあとから説明しますので、とにかく二人を止めてください！」

蓮珠の懇願に、李洸が顔をひきつらせた。

「……私が、これを止めるのですか？　こういうことは、張折殿に……いや、あの方は気になることができたとかで中央市場に向かわれてしまった。それを知らせようとお二人を探していたというのに。張折殿を止めるべきでした」

お互い、荒事に向かない純粋文官である。結局、荒事は威国の人々の専売特許だった。

「俺の店前で騒ぐんじゃねえ！　商売になんねえだろうが！」

大音声と同時に槍が二人の間に突き刺さる。

「……これは大変失礼した」

冷静になった翔央が、槍を投げた男に軽く頭を下げた。

黒熊が槍を抜いて店主に返すと、とりあえず通りの端に寄った。

「それで、さきほどの状況について、お伺いしてもよろしいでしょうか？」

そう言って李洸が睨んだのは、蓮珠だった。にもかかわらず、これに各々の主張を口にする。

「蓮珠がこの者にちょっかい出されていたから！」

「この男がいきなり小蓮との間に割り込んできたから！」

お互いを指さし、李洸に己の正当性を訴える。

「小蓮……。御親戚か何かで？」

李洸に問われて蓮珠は首を振り、ようやく言いたかったことを口にした。

「あ、いや……こちらが、以前お話しいたしました黒熊さんなんです」

途端、翔央と李洸は、ああ……と納得して、頷いた。

「さすが、蓮珠だな。どうやったら、これだけ人の居る元都で、旧知の人物と再会できるのか」

なかば呆れたように翔央が言えば、なぜか黒熊が胸を張った。

「小蓮は、昔からめぐり逢いの運を持っているからな。いつかは元都に来て俺を見つけてくれると信じていたぞ」

その絶対的信頼に照れている蓮珠のほうに、黒熊が首を巡らせた。

「……で、小蓮。そこの男はなんだ？　高大民族にしてはなかなかの動きをする」

黒熊に言われて、今度は蓮珠が胸を張ってみせる。

「わたしのお仕えしている御方です。黒熊おじさんも強いですが、翔央様だって、とんでもなく強いんです」

「小蓮が仕えているのか？　小蓮に仕えているのではなく？」

なぜそんな風に思ったのだろう。蓮珠は黒熊の問いに首を傾げると、黒熊もまた首を傾げた。

「……いや、だって、助けに入るのは、普通仕えている側だろう」

翔央にしろ、冬来にしろ、蓮珠のほうが常に守られる側だった。強い二人に対して、仕える側ですからと蓮珠が前に出るほうが足手まといになるからだ。その逆転が当たり前すぎて、傍目《はため》にどれほど異常に見えるのかを忘れていた。

「……そうでした。でも、わたしがお仕えしている側なんです」

悔しさにこぶしを握る蓮珠に翔央が首を振る。

「蓮珠、お前を守ることは、俺の役割だ。気にすることではない。……それに、仕える者を護ることは主の責務というものだろう」

李洸の咳払いで、翔央は後半にこちらの関係性が悟られないような言葉を付け足した。

蓮珠は、黒熊を信頼している。だが、信頼しているからと言って、なにもかもを話していいわけではないことは重々承知している。

「黒熊おじさん。……わたしは、つい最近まで、とある貴人の影としてお仕えしておりました。危ない目に遭うことの少なくない方だったので、影として守られていることが多かったのです」

蓮珠は守られることが癖になっている理由を簡潔に説明した。

「貴人の影だと？　なんて危ないことを……」

黒熊が眉を寄せるが、蓮珠は俯き、その言葉を否定した。

「……ううん。危ないことになっていたのは、いつもあの方のほうでした。あの方が前線に立つために、大人しく守られている場所にわたしが居なきゃならなかったんです。最期まで、あの方はわたしには、安全な場所にいるようにご配慮くださいました」

これに黒熊は再び蓮珠に問いかける。

「……それ、どっちが影なんだ？」

その疑問はごもっともだ。蓮珠もそう何度も思った。

だが、冬来の考えでは、蓮珠は冬来の影そのものではなかった。相国のために、当初まだ誰も見たことがなかった仮想の威妃の影として用意された存在だったから。影を自称するにはあまりにも隔たりある人であったとしても、それでも、蓮珠は、冬来の影でありたかった。

「本当にね、おじさんの言うとおり。あの御方が、もっとも動きやすい状態であるためには、それが一番だって思っていたの。こんなのおかしいよね」

冬来が、威皇后でなく冬来として動ける場所を作るのが、自分の役割だと蓮珠は思っていたからだ。

「悪くない。……そなたが、その者を慕っていたことはよく伝わる。小蓮が居たから、その者も存分に動けたんだろうよ。そうか……最期まで、そなたを気遣ったか。戦うことを諦めていなかったということだ。よく頑張ったな、小蓮。そなたは立派な影だった。後ろを任せられると主に思わせる影は最高の影だ。とても得難い存在だぞ」

黒熊が蓮珠の肩に手を置く。

「おじさん……」

顔を上げると、また涙がこぼれた。どうも、黒熊の前では涙腺が緩くなる。

「すごくうれしい。あの方に認めてもらったみたい。……なんだか、おじさんとあの方は少し似ているかも。やっぱり威国の戦う人だからかな。おじさんは商人だけど、すごく強かったもの。でも、その強いおじさんと会っていたから、わたし、あの方も、あの方の妹様も最初から怖くなかったの。威国の戦う人でも話をして一緒に笑い合える相手だって、わかっていたから。ありがとう、黒熊おじさん」

黒熊が破顔し、辺り一帯に豪快な笑い声を響かせる。

「そりゃあ、よかった。……そうか、小蓮がそれだけ慕う主と似ているか。うむ。悪くない気分だ。……それで、小蓮はなんだって、あのあたりの店で買い物を？ 店主たちに怒られそうだが、相国の者が、わざわざ威国に来てまで買いたいような品なぞ置いてないだろう」

あのあたりの店が威国の富裕層を相手に商売していることを知っているようだ。

「買いたい物があったわけじゃなくて、店先を眺めていただけ。いまお仕えしている方が、会って話をしなきゃならない方がいるのだけれど、なかなかお会いできなくて。ちょっと長期滞在になってきたから南のほうの料理が食べたくなっちゃったの。それで、凌国から来た人たちが多いこの市場に来たんだ。あのあたりの店を見ていたのは、たんに食後の腹ごなしに市場の中を歩いていたからで、買い物があったわけじゃないよ」

蓮珠は、翔央と李洸のほうを見やり、状況を話した。

「そういうことか。……俺としては、小蓮がどれだけ長く元都に滞在してくれてもかまわないが、そうもいかないというわけだな」

黒熊は翔央と李洸のほうを見ると、再び蓮珠に笑いかける。

「ふむ、では俺が、いつかの約束通りどうにかしてやろう。だから、今日のところは逗《とう》留先《りゅうさき》に戻るといい。とくにこの市場のような、あまり人の多いところをうろついていると厄介ごとに巻き込まれるぞ」

黒熊の言葉に、蓮珠は小声で聞き返した。

「……それって、市場の品ぞろえに関わる件？」

「……蓮珠」

翔央が短く咎《とが》めた。

「すみません。でも、黒熊おじさんは商人だから、何か知っているんじゃないかと思って」

張折も商売人は横のつながりが強いと言っていた。黒熊は商人で威国人でもある。自分たちがいま知りたいと思っている国内事情も知っているように思われた。

「ほう。……なかなか、いい感覚をしている。いや、ここは、さすが小蓮というべきか。

なに、物流の制限は考えあってのことらしい。どうも物の流れを細かく確認したほうがよさそうなことが起きているそうでな。そのために、元都の外からの人や物に制限をかけているようだな。そなたたちも気をつけることだ」

黒熊は、そこで話を区切ると視線を周囲に巡らせる。つられてあたりを見た蓮珠は、少し離れてこちらを見ている男がいるのに気がついた。元官吏の直感だが、あれは役人だ。蓮珠たちを見ているのか、あるいは黒熊か。もしかすると、威国の商人が高大民族と話していることが問題なのかもしれない。話を切り上げたほうがいい。

「黒熊おじさん、また会える？」

蓮珠は会話を終わらせるために、そう言った。

「もちろんだ。あの二人の娘なら酒は強いだろう？　次は酒を呑んで語らおう」

黒熊もここで話を終えることに同意してくれる。

「約束だよ、おじさん」

「ああ、約束した。では、またな」

再会を期して、黒熊が背を向ける。その背が市場の人並みに消えると、翔央が蓮珠に尋ねてきた。

「……蓮珠。あれで本当に商人なのか？　強いにもほどがあるだろう」

「しゅ……翔央様のおっしゃるとおりです。あの御仁、商人ではなく名のある武人と見えました。いまとなっては周囲に強いことを隠す必要がなくなった翔央様の、最も得意な杖術でも、黒熊殿の剛力には押し戻しきれずというところでしたね」

周囲の耳を気にして主上と呼びかけるところを言い換えた李洸に、翔央が笑む。

「遠慮なく防戦一方だったと言ってもいいんだぞ、李洸」

「なにをおっしゃいますか。場所を考えて大きく動くのは躊躇《ためら》われていたでしょう？」

「全力でないのは、あちらも同じだ。斧を振り回すにしても、持つ位置も押してくる方向も計算していたし、周囲を確認している視線の動きだった」

あの速度で激しくぶつかっているように見えて、どちらも周囲に配慮していたとは驚きだ。やはり、どちらも強い。

「おじさんは、基本的に一人で商売しているから、自分の身は自分で守るという話をしていらっしゃいました。邑に来る途中で仕留めたと猪を担いできたことも一度や二度ではなかったです。以前、叡明様から蒼部族だけが例外的に経済で国に貢献するという話をお聞きしました。逆に言うと、蒼部族以外の威国の方々って、皆さん強いのでは……？」

黒熊は昔もとにかく強かった。それは、冬来や威公主、黒太子も同じで、強くない威国人がいることを蒼太子に会うまで知らなかったくらいだ。

「まあ、威国の民は皆が戦闘騎馬民族といわれているくらいだ。商人であっても戦えることに不自然はないが……」

蓮珠の言葉に翔央が半分納得するも、残り半分は納得がいかないようで眉を寄せて考えている。

「なにか気になることが？」

問いかければますます翔央が眉を寄せる。

「あの戦い方どこかで……。いや、やめておこう。また会うことがあれば、その時は張折の意見を聞きたい。威国の民のことは、俺より知っているだろうから」

翔央の言葉に頷いた蓮珠だったが、そこから大きく首を傾げた。

「ところで、約束通りどうにかするって……どうするんでしょう？」

蓮珠が黒熊に伝えた現状の困りごとは、仕えている人が元都で会いたい人に会えない、それだけだ。逗留先に戻るように言われたがそれだってどこに滞在しているのかは言っていない。

「なんだろう。あの御仁なら、それでもどうにかできる気がする……」

翔央が言い、蓮珠と李洸は同意しかけて、その途中で言葉を止める。三人の視線が交差した。どうも黒熊の勢いに乗せられて、色々おかしな思考に陥っていることを全員が反省しなければならないようだ。

「……どうやら、我々は本調子ではないようですね。長期滞在で疲弊しているのでしょう。ここは、黒熊殿の忠告に従い、商館に戻ったほうが良いと思われます」

それ以上は、どこかの店を見ることもなく、三人で商館へと帰った。その時ばかりは冷静な判断ができていたことを知ったのは、商館に帰ってすぐのことだった。


夕刻の商館、中央市場に行っていて遅れて戻ってきた張折が、相国の一団を一部屋に集めた。

「どうにかして、出国許可を得て早々に威国を出ましょう」

第一声からして不穏だった。よほど警戒しているのか、張折は結論だけ言って黙った。

こうなると、視線は自然と翔央に集中する。

それ以上、張折が何も言わないことを確認してから、翔央が天井に声を掛ける。

「……白豹、補足を頼む」

どうやら白豹も戻っているらしい。

「畏まりました。……先ほど、各市場に宮城の衛兵が配置されました。市場の出入りでは衛兵が荷を確認しております。特に厳しく監視されているのは、高大民族と威国の者との間の取引です」

白豹の報告に、蓮珠は黒熊と話しているのを見ていた役人を思い出す。やはり、威国人の商人である黒熊と高大民族の蓮珠が話しているのを見ていたのだ。

「そうか。……かの御仁の忠告は、この件だったようだな」

「そうですね。……めんどうに巻き込まれずに済みました」

翔央も黒熊が早く帰るように言った理由に納得したのか、李洸と確認し合う。

「誰かから情報を？」

一人あの場に居なかった張折が首を傾げる。

「あ、いや……、蓮珠が例の『黒熊』殿と再会したんだ。東の市場でな」

「はぁ？　……どうやって？」

張折がくるっと蓮珠のほうに顔を向けた。

「道の向こうから歩いてきたので、声を掛けました」

「なんだって、そんなところで再会できるんだよ。東の市場は、凌国から来ている者が集まる市場じゃなかったのか？　……あー、商人だったか。じゃあ、売る側だったのか？」

どうだったんだろう。あの場では少なくとも蓮珠と同じく店を見て回っていただけに見えた。会った場所から考えると、厄介ごとになる話を確認に来ていたのかもしれない。

「……で、どんな感動の再会だったんだ？　あと、何を言われたって？」

「それが、感動のあまり泣いてしまいまして……、それを見た翔央様が誤解されて、黒熊おじさんとちょっと争いに」

からかいついでの話をしようとしていたらしい張折が頬を引きつらせた。

「市場でやりあったのか？　ちゃんと手加減はしたんでしょうね、主上？」

張折は張折で翔央の技量を正しく理解しているようで、まずそれを確認した。

「場所が場所だったから周囲への配慮はしたが、黒熊殿相手に手加減などとんでもない。ボロボロにされる。……まあ、最後には、二人して近くで店を出していた店主に怒鳴られて終わった。すぐに手を止めたところを見ても、黒熊殿も本気は出していないだろう」

それでも十分に見物人が集まるような争いになっていたし、李洸が止められないと焦る状況であったが、そこは張折には言わないでおくことにした。

「……おいおい。陶蓮の話だけでも怪しい男だってのに。なにやってんですか、主上」

どうやら、張折の中で黒熊は怪しい男に分類されていたようだ。

「いや、こちらへの敵意や害意は感じなかった。本気で蓮珠との再会を喜んでいたし、それゆえの忠告だったと思う。李洸はどうだ？」

翔央に話を向けられて、李洸は少し考える。

「なんでしょう……。見た目に似ているところがあるとは全く思わないのですが、先帝陛下を前にした時と同じ感覚になりました。この方の言葉は絶対である、という感覚です」

「叡明様ですか？」

「あ、いえ、先々帝陛下ですね。まだ慣れなくて」

李洸が表情を曇らせる。

「いや、気に病むなよ、李洸。そのままでいい。俺は正式に即位したわけではないから。この国的にも、父上を先帝、叡明のことは……喜鵲宮《きじゃく》とするほうが通じやすいだろう。黒公主も白鷺宮《はくろ》で呼ぶほうが呼びやすそうだったか、俺は……」

翔央が李洸の肩に手を置き、穏やかな声で宥めているところを、白豹が止めた。

「一旦、話を止めてください。この部屋に誰か近づいてきています」

翔央は李洸から離れ椅子に姿勢を正すと、すばやく命じた。

「紅玉。蓮珠の近くへ。魏嗣、出入り口に立て。秋徳は、俺と李洸の間だ。……先生はご自身でどうにかなさってください。あと、不自然じゃない話題をお願いします」

前半は叡明を思わせる小さくも鋭い声だったが、後半は翔央らしい言い方で、蓮珠ばかりか、李洸も小さく笑う。張折に至っては、文句を言いながら顔は笑っていた。

「なんて無茶な要求を……。くー、じゃあ、酒の話でも」

誰かが来るまで間がない。すぐに張折が話題を切り替える。だが、その話を始める前に部屋に人が入ってきた。

「陶蓮！　やっと迎えに来られたわ！」

飛び込んできたのは、黒公主だった。

「黒公主様……？　え？　迎え、とは？」

まっすぐに蓮珠の座る席まで歩み寄ると微笑んだ。

「宮城の門が開いたの。やっと城の外に出られたから、迎えに来たわ」

元都到着日以降に会えない理由について、黒公主からは宮城の門を開けてもらえず外に出られないという手紙は受け取ってはいた。

「宮城の門が開いた……。お会いできてよかったです」

商館に着いた日に翔央と黒太子が交わした約束どおり、宮城の門が開き次第迎えに来てくれたのだ。

「……蓮珠ではどうにもならなかったことを、黒熊殿がどうにかしてくださったようだ」

翔央が呆れたように言ったあと、李洸、張折と視線を交わす。

「……どうしたの、陶蓮？　表情が暗い」

翔央たちの考えは理解できる。黒熊とのやり取りから一日も経たずに城が開かれた。時機が合いすぎている。十中八九、黒熊が関与している。

だとしたら、黒熊とは何者なのだろうか。長く閉ざされていた宮城の門を、こうも容易《たやす》く開けてしまうとは。

「ようやくお会いできたのに、すみません……」

蓮珠は黒公主に謝ると同時に、心の中で黒熊にも謝っていた。

そう、ようやく会えたのだ。失った故郷の話をできる相手に。それなのに、その黒熊を警戒し、疑わねばならない。彼が蓮珠にとってでなく、相国一団にとってどういう存在なのかを見極めなければならないのだ。

蓮珠は、黒公主の再会の抱擁を受け止めた手に力を込めた。


宮城からの迎えがきたことで、蓮珠たち相国一団は、とりあえず大至急で宮城に向かうことになった。優秀な側仕えたちにより、すみやかに登城の支度を整えたのだが、その登城に相応しい衣装で商館を出ていく一団は、ほかの商館を拠点にしている商人たちの視線にさらされることになってしまった。特に翔央は、日々荷物持ちをしていたというのに、白錦に白虎の衣装、整えた結髪に冠という相国皇帝の威儀を前面に出した姿をしているので、気安く同じ卓で酒を呑んでいた商人たちが呆然となっていた。

改めて宮城の城門の前に立ち、蓮珠はその威容に圧倒される。

四角い巨石をくみ上げて造られた多層階の宮城は、現役の砦に見えた。相国の都城、栄秋の白奉城《はくほう》も築かれた当時は州都の城であり、高大帝国西の砦のひとつだったと聞いているが、相国建国から百五十年経った現在は砦の面影を宿してはいない。だから、蓮珠としてはこの規模の砦を兼ねた城に足を踏み入れるのは初めてだった。

城門の少し手前には巨大な黒旗が草原から吹く風に翻っていたが、城門横に掲げられた黒旗は、威国の守護である玄武の姿が金糸で刺繍《ししゅう》されており、その姿が見えるように四隅を固定されていた。玄武《げんぶ》を守護とする思想は高大民族の神話によるところなので、騎馬民族の国である威国が玄武を掲げていることは、蓮珠にとって意外だった。

「きたな、小蓮」

宮城に入ってすぐの廊下で、黒熊が待っていた。

「黒熊おじさん！」

蓮珠は応じて駆け寄った。

「言ったとおり、すぐの再会だったな」

「うん。ありがとう、おじさん。おじさんがどなたかに口添えしてくれたから城門を開けてもらえたのでしょう？　本当にありがとう」

黒熊は笑って、蓮珠の肩を軽く叩く。

「……陶蓮、そちらは……？」

張折がかなり引きつった表情で蓮珠に尋ねてきた。

思えば、張折はあの場に居なかったから黒熊とは初対面だ。蓮珠は丁寧に紹介した。

「こちらの方が、以前お話しいたしました黒熊おじさんです。改めてご紹介いたしますと、まだ両親が存命だった頃に、白渓近くの山の中で行き倒れていた旅の商人さんで、我が家でしばらく療養していました。回復後は再び旅に出られたのですが、その後も幾度か我が家に訪ねてきてくれたんです。いつも獲れた肉を持ってきてくれて……ということは、実は本業は狩人《かりゅうど》だったのですか？」

張折への紹介中に、本当に商人なのかという疑惑の答えかもしれない考えに至り、蓮珠は黒熊に尋ねた。

「いいや。行き倒れていたあの頃は、単なる旅人だ」

これに黒熊は笑って、狩人説を否定した。

「あの頃は？　じゃあ、いまは旅人でも商人でもなく、宮城に勤めているの？」

蓮珠は、市場で黒熊と話しているのを見ていた役人らしき人物がそこにいることに気づいて、若干小声で問う。

この国の官吏の装束を知っているわけではないが、元役人だからわかるというか、文官だと思うのだ。この役人らしき人物は、わりと高位の文官ではないかと思われる。ということは、黒熊も宮城勤めの高位の武官なのかもしれないと蓮珠は考えた。

相国は武官の地位が文官に比べて低いので、それと比べようがないが、黒熊が文官に仕えているのではなく、文官が黒熊に仕えているようにも見える。文官を部下につけられる人物なのだから、黒熊本人も宮仕えと思って間違いないはずだ。

だが、黒熊はにやっと笑って即答を避けた。

「お？　……小蓮には、俺が役人に見えるか？」

やはり旅の商人のままなのか……とは、到底思えない。少なくともそれなりの人を従えて動いている者の貫禄を感じる。そこが何よりもあの頃とは違う点だ。

「おじさんは、素手で猪を仕留めちゃう強い人だけど、とても頭のいい人でもあるから、市井の武人でなく、国の武官として宮城勤めをしていてもおかしくないと思う」

蓮珠の返答を聞きながら、黒熊が廊下を歩きだす。宮城の奥へと案内してくれるようだ。

宮城勤めでも、やはり高位の武官なのだろう。

「あー、陶蓮は陶蓮だもんな。この可能性もなくはなかったかあ」

若干よろよろと歩く張折が小さく呟くのが聞こえた。張折は軍師として威国のこともそれなりに知っているから、黒熊の身に付けているものから位の予測ができているのかもしれない。そのあたり、元武官であっても威国との交戦経験はない翔央にはわからなかったところだろう。

「そうかそうか、嬉しいことを言ってくれる。……小蓮こそ昔から賢い子だった。俺の教えた威国語もずいぶん達者になっているらしいな。元都入りする時に同行していた者たちから聞いたぞ。どうだ、威の官吏になるか？　そなたなら大歓迎だ！」

廊下に黒熊の笑い声が響く。

「いやいや、そんな簡単に他国の者が、この国の官吏になれるわけが……」

蓮珠の否定に、黒熊が白い歯を見せてニカッと笑う。

「なあに、俺が採用すると言えば、明日にでも威の官吏になれるぞ！」

黒熊は、こういうことで嘘や冗談を口にするような気質はしていない。

「おじさん、もしかして、相当高位の官なの？」

武官で高位どころか、宮城勤め官の中でも高位なのかもしれない。もしや、相国で言えば李洸と同じくらいの……そう思った蓮珠に、黒熊が足を止めて天井を見上げた。

「高位……か。……まあ、でも、武官でも文官でもないな。俺の定位置は、いまや戦場でも役所でもないからな」

国の公的な武官でなく、個人的に雇われた武人なのだろうか。

「……では、どこに？」

問いかける蓮珠に、黒熊が視線を天井から蓮珠の目に下げる。

「玉座だ」

言われたことが理解できるまで、少し間が開いた。

その間にも、謁見の間の扉が開かれ、天井の高い大広間の最奥に主を待つ玉座が見えてきた。あの玉座に座れるのは、この国において一人だけだ。

「……威……首長？」

城門がすぐに開いたのも納得だ。だが、そんなことで納得している場合ではない。

「そう呼ぶ者が多い。だが、小蓮、お前は変わらず『黒熊おじさん』でいいんだぞ」

快活な笑い声が謁見の間に響き渡った。

第三章

千変万化〔せんぺんばんか〕

威国の都城、黒龍城《こくりゅう》。玉座の置かれた謁見の間は、高い天井と柱のない広い空間で構成されていた。

開かれた謁見の間の扉を黒熊がずんずんと奥へ、玉座のある最奥へと向かっていく。

その背に着いていくよりない蓮珠たちだったが、李洸と張折が蓮珠の両側に駆け寄り、耳元で小声ながらも鋭い口調で問う。

「陶蓮珠殿、詳細御説明を！」

「……詰め寄らないでください、李洸様。正直、一番この状況を説明してほしいのは、わたしですよ……」

謁見の間に足を踏み入れ、黒熊の背を見つめながら蓮珠もまた小声で答えた。

「まったく、ご存じではなかったと？」

「ええ、まったく。最初に会ったのは、本当に幼い頃のことなんです、おじさ……首長が首長だなんて知りませんでした」

蓮珠は玉座へと歩を進める黒熊の背を見ていられず、足元に視線を落とした。

「白渓は山の中の邑です。山に入って山菜や木の実、冬場は薪《まき》になる木の枝を採ってくるのが、子どもの仕事だったんですよ。……冬の山で、黒い熊が倒れていたと思ったら、熊の毛皮を付けて行き倒れていたおじさんだったんです。以来、黒熊おじさんと呼んでいたし、本人も気に入ってそう名乗っていたんで、実際の名前も知らなくて」

改めて記憶を探るも、威首長だと知るような何かはなかった。ただ、今にして思えば、名を知られるわけにいかなかったから、一時的な記憶障害から回復したのちも黒熊のままだったのかもしれない。

「この上なく怪しい御仁じゃねえか。よく邑で受け入れたな」

張折が呆れる。黒熊本人がこの場にいるとかいないとかにかかわらず、蓮珠は黒熊を悪く言ってほしくはなかった。

「でも、邑のためにいろいろしてくれたんです。回復後は行商人として、邑では手に入りづらい食糧や日用品を売りに来てくれました。しかも、安価で。もう売れる当てのない邑の産物であるお酒を買い取ってくれたこともありました。役人になった今ならそれがとんでもなく問題であることはわかります。それでも、おじさんが来てくれたことで、あの戦禍の中でも邑は生きつないでいたんです。……たとえ、どうやっても滅びる運命だったとしても」

黒熊の存在は、陶家だけでなく白渓の邑全体にとっての命綱だった。黒熊は蓮珠を恩人だとよく言っていたが、黒熊こそ恩人であり、悪く言えるはずもない。

「蓮珠……」

翔央の気遣う声に、蓮珠は小さく首を横に振った。

「いえ、いまのは忘れてください。……あの人に会ったからか、ちょっと気持ちが白渓に居た子どもの頃に引き戻されてしまっているみたいで」

蓮珠は止まってしまいそうな足を、必死に動かした。

「わたし、ずっと邑の最後の……夏夜を焦がす炎の中の邑ばかりを思い出してきたけど、おじさんに会った瞬間、もっと昔の邑の姿を思い出したんです。邑のみんなの笑顔も、庭の木々も、全部わたしの中にあったのに、おじさんに会うまでずっと忘れたふりをしていたから……」

いま、玉座に黒熊の姿がある。首長だと言ったことに嘘はないとわかっていたが、その姿を見たいまとなっては遠い人になってしまったようで、気持ちが塞ぐ。

その蓮珠の表情の翳《かげ》りに気づいたのか、黒熊は玉座を降りて翔央の前に立った。

「……まずはご挨拶を」

李洸が威首長と翔央の間に入り、翔央を促す。これに威首長が威国語で呟いた。

『なんだ、先ほどとは違いずいぶんと大人しいな、至誠の双子の息子その二。市場では、何も言わずに打ち込んできたものを』

黒熊の側仕えと思われる威国側の者が目を見開く。聞きようによっては、戦いの口火となりかねない発言だ。

　これにさっと前に出たのは、張折だった。

『おや、それは少し話が違っているようですね、威首長。我らが皇帝陛下は、市場で女性を泣かしている悪漢を退け、女性を助けようとなさいました。……まさか、威首長ともあろう御方が、市場で女性を泣かしていたなんてことはございませんよね？　おそらく威首長がおっしゃりたいのは、我らが皇帝陛下の、悪漢に無言で打ち込んでいき、女性をお助けする姿をご覧になった……ということで間違いございませんか？』

　張折のそれは、『威首長の立場で、女性を泣かしていたという話まで広めたいのか。それを避けたいなら、打ち込まれたのは自身ではないと言え』という脅しのようなものだった。威首長は、国主として高大民族との融和を国策に掲げている。立場上、高大民族の女性を（泣いた理由はどうであれ）泣かしていたというのは、たしかに広く知られるわけにはいかない話だ。

『……そうだな。そういうことでいい』

　ここは黒熊が引いた。

「では、至誠の双子の息子その二。ご挨拶とやらをするといい」

　相国語でも『その二』と言った……。その言い方はいかがなものだろう。

「新たな相国皇帝陛下にございます」

外交担当の李洸が一歩前に出た。だが、玉座から見下ろす黒熊は鼻を鳴らした。

「そのわりには、市場で主従の礼になっていないことをしていたな。相国では一国の長に、荷物持ちをさせるのが習わしか？」

張折は、黒熊の相国語の皮肉には相国語で返した。

「ご挨拶を済ませるまでは、皇帝として堂々と歩きまわるわけにもいきませんので、我々あの場では商人と護衛を演じておりました。本物に見えていたならうれしいことです。お褒めのお言葉と受けましょう」

玉座に戻った威首長は、張折を咎めるでもなく、快活に笑う。気を悪くしてはいないようだ。

「相も変わらず、のらりくらりと逃げる男だ。では、白鷺宮、ここからは直接やり合うとしよう。まず、俺としては改めての顔合わせだ。余分な挨拶は不要だ。……今日のこの場で、こちらの確認したいことはただ一つ」

同盟の破棄か、補償の問題か。身構える相国側に、黒熊は抑えがたい怒りを含ませて問い質《ただ》した。

「相国は、大陸中央にいつ打って出るつもりでいる？」

その目は、戦うことだけを見据えていた。

さすがに相国側の誰も即答できず沈黙する。ただ、こちらだけでなく威国側の人々までもが沈黙していた。

「そなたは、こんなところまで何をしにきた？　市場で荷物持ちをしに来たわけではないだろう？　父親と兄を喪ったのだぞ。なぜ、さっさと龍氏や華国を潰しに行かない？」

酷な質問だ。叡明は龍義と相討ち。先帝は華王との私闘により長年の因縁に決着をつけての崩御。翔央が、父親と兄を喪った激情を直接ぶつける相手はすでにいないのだ。

龍義軍の残党は龍貢軍が追っている。それはもう大陸中央覇権を争う龍氏内での戦いである。相国は龍貢に禅譲すると決めていた。するべきは、龍貢に相国を託すことで、速やかに大陸中央の混乱を収めることであって、参戦により混乱を長引かせることではないのだ。

華国の件も、先帝と華王の間の私闘として処理済みである。この件を理由に相手国へ戦いを仕掛けることはしないと、華国の代表と取り決めた。しかも、その証人には、黒公主が立ったわけで、これを破るのは黒公主の顔に泥を塗ることにもなる。

「なんだ、黙ったままか。あの口が達者な男の片割れにしては情けない。技量もそこそこあるというのに、一人で打って出ることもできないとは、な。ふん。兄がいないとまともに立ち上がることもできんのか」

蓮珠は顔を上げ、不敬罪承知で前に出ようとした。だが、それを近いところに居た黒公主が止めて、自身が首長に反論した。

「首長。……そうおっしゃるご自身だって、今朝の今朝まで部屋に籠って、親友の死に打ちひしがれていたでしょうが。打って出なくて良かったのですか？」

黒公主の告発に、全員の視線が威首長に注がれる。

「黒公主よ。……あれは、南へ向かう経路の検討をしていたのであって、決して打ちひしがれていただけというわけでは……」

先ほどまでの勢いはどこへ行ったのやら。玉座の上で、威首長がぼそぼそと応じる。

「側近以外を下げて何をお話しになるおつもりかと思えば、ぐちぐちと……」

全体に人が少ないと思えば、謁見の間に招集したのは、側近のみだったようだ。

一国の使節団を迎える場で、威国側の主だった人物を呼ばないとは、外交儀礼として失礼にあたる。もしや、この場は公式の挨拶の場として設けられた場ではないという認識なのだろうか。

「いやだって、ようやく至誠に会えると思っていたから……」

「自分でやりもしないことを他者に強いてはいけないと、日頃おっしゃっているのは、首長ですよ。首長たる者、範を示していただかないと」

威首長の護衛として、玉座近くに控えていた黒太子が、黒公主を援護する。

「そういうことですので、この場は解散とします。……白鷺宮様、大変申し訳ないのですが、後日改めて場を設けます。相国の新たな皇帝陛下として、お迎えいたしますので、御無礼をどうかお許しください」

黒公主の謝罪に、翔央は頷いた。

「ほら、首長のために、黒公主が頭を下げることになってしまいましたよ」

黒太子がため息交じりに、玉座の人に告げた。

「わかった、わかった。……後日、白鷺宮を公式の国賓として迎え、全部族長の前で紹介するから。ただ、こちらもそなたを迎えるならば出席せねばならない者が居るわけだが、まだ気持ちが落ち着かないようだ。その心も準備を待ってやってほしい」

それは、おそらく蒼妃のことだろう。翔央は威首長の提案を苦しそうな表情で受け入れた。口にはしないが、姉に会いたい気持ちはあるだろう。姉弟でなければ言えない想いというのがあるだろうから。だが、自身が会いに行くことで、姉が心乱れるのもわかっているから、待つことを選ぶのだ。蓮珠としては、翔央の抱く、一人になってしまったという感傷が、蒼妃に会うことで多少なりとも癒されるのではないかと思っている。だが、蒼妃の負担も避けたい気持ちもある。早く二人が会えるようになることを祈るばかりだ。

「あと、申し訳ないが、もう少し蒼部族の商館で待機してもらいたい。宮城に国外の者を滞在させるには、正式な国賓であることが条件だ。これは、部族会議での決定なので、俺の一存で、そなたらを宮城に受け入れることができんのだ」

国外の誰かを泊めるにもそのような決まりごとがあるとは。威首長というのも、なかなかに自由がないものだ。

蓮珠はそう思ったのだが、すぐ近くに、そんな決まりごとを一蹴する人がいた。

「でも、陶蓮は別よ。ワタクシが相国より招いた友人ですもの。国は関係ないから、宮城に寝泊まりしても全然問題ないわ。……首長もこの手で、相国の先帝を滞在させようとしていたのだから、ワタクシがそうしたところで咎めるなんてことといたしませんよね？」

先ほどもそうだったが、この父と娘の力関係は、娘のほうが強いようだ。

蓮珠の腕をとって離さない黒公主の本気に、威首長が額に手をやりながら、『黒公主の友人』を迎える準備はすぐにしろと命令を出している。

「行きましょう、陶蓮。あと、お連れの方々は城門まで見送るので、ご一緒にいらして」

今日ここでの用件は終わった、黒公主が謁見の間の出入り口へ歩き出した。

翔央が出てきたばかりの謁見の間を振り返り、呟いた。

「手紙のやりとりがあったことは聞いていたが、本当に父上と仲が良かったのだな。個人の感傷では国を巻き込んで戦う理由にならないから、俺を担ぎ出そうとなさるとは」

威首長から出撃の意志を問われたことについて、翔央はそのような感想を持ったようだ。

「……さすが白鷺宮様と言いたいところだけど、あれだけ一点集中で睨まれれば気づきもするわよね」

「あれだけ目で『打って出ると言え』と語っていては、威首長も目が痛くなってしまうだろうに」

心配の方向性が、睨みすぎで目が痛くなるというのは、冷静でいいと思うべきか悩むところだが、とりあえず威首長に煽られたということはなさそうで良かった。

「最初のほうの市場で云々も気にしないで。首長は相国と敵対したいわけじゃないから安心してちょうだい。あれは、白鷺宮様にちょっと苛立っていらっしゃるだけよ」

黒公主が翔央を見た。

「苛立って、ですか……？」

蓮珠は疑問に思ったが、言われた翔央のほうは何か思い当たるところがあるのか苦笑いを浮かべている。それどころか、李洸と張折もまた、困ったような顔で翔央を見ていた。

「御自覚はあるようね。……そうね。ワタクシもちょっと白鷺宮様に苛立っているから、陶蓮はワタクシの居所で預かります。なので、白鷺宮様たちだけで商館にお戻りになってください。では！」

「……え？　それは、どういう？」

腕を引いていこうとする黒公主に問いかけるも、彼女は翔央たちのほうを見て、宣言する。

「ワタクシ、黒部族の公主でしょう。だから、生まれも育ちも宮城の後宮。ワタクシの居所で陶蓮を預かるということは、彼女には後宮の一室で過ごしてもらうことになるので、いかに新たな皇帝陛下であってもご一緒の滞在はお断りいたします」

翔央がこれにどう答えるのだろうと、彼を見れば、目が合った。

少しだけ目元を和ませるも、そのまま目を伏せて、一礼する。

「……蓮珠をよろしくお願いします」

これに黒公主は、小さく鼻を鳴らすと胸を反らした。

「もちろんよ。陶蓮は、ただの客人じゃないから丁重におもてなしするから」

蓮珠は慌てて黒公主を止めた。

「いえ、そんな。……いまのわたしは無位無官の身ですので、ただの客人にも値しませんから」

　宮城のもてなしというのは客格で決まるものだ。これは差別でなく区別である。庶民が国家を背負う王族・皇族と同じ待遇というわけにはいかない。

「黒公主であるワタクシの友人が、ただの客人扱いでいいわけないじゃない。それに、ワタクシの友人というだけではないでしょう。首長の命の恩人でもあるそうね。……首長が、かつて命を救われた相手の話は聞いていたけれど、まさか陶蓮だとは思わなかったわ。なにせ、『小蓮』という幼名しかわかっていなかったし。首長は首長で、ワタクシの話に出てくる『陶蓮』が、自身の命の恩人だとは思っていなかったそうよ。市場への視察から帰ってくるなり、白鷺宮様と一緒にいる女官が探していた命の恩人だって言うから、それって陶蓮のことじゃない？　という話になったの」

　なるほど。こちら側は威首長の顔を知らなかったが、威首長はかつて喜鵲宮に会っている。翔央の顔を見ただけで、それが誰かはわかったわけだ。いや、もしかすると喜鵲宮と同じ顔だからこそ、争うことで、どちらか確認しようとしたのかもしれない。

「そういうわけだから、陶蓮は大人しくワタクシにもてなされなさい」

　強制もてなしは、もてなしの意義に反している、と反論できるわけもなく、蓮珠は承諾した。

「畏《かしこ》まりました」

それでいいと大きく頷いた黒公主は改めて翔央のほうを見る。

「では、白鷺宮様。皇帝陛下とお呼びできるようになったら、陶蓮をお迎えにいらしてくださいね」

「黒公主様、翔央様はすでに皇帝陛下です」

相国の民として、一応そこは譲れない。だが、黒公主に諭される。

「甘やかしちゃダメよ、陶蓮。……誰かに責められることで、自分の立場から逃げているうちは、誰の上にも立てないわ」

黒公主は、常に上に立つ者の自覚を自身に刻んでいるところがある。逆に蓮珠の意識は、常に仕える者のそれなので、黒公主のこういう思考ゆえの見方というのを、なかなか察することができない。

「しかも、あの顔は、その自覚がおありなの。なのに、改めようとしていないのだから性質《たち》が悪すぎる。……ご自身で解決してくださいね」

黒公主は、翔央に自覚があることを繰り返して、その性質の悪さを指摘する。だが、蓮珠には、それがどういうことなのか、翔央が自身の問題をどう思っているのかが見えない。

「翔央様……」

問いかけるように見つめた視線の先、翔央は黒公主の指摘を受け止める。

「言い返せないな。……蓮珠、黒公主殿のもとに居てくれ。必ず迎えに行くから」

翔央が浮かべる笑みにやわらかな拒絶を感じて、宮城を去る翔央をただ見送ることしかできなかった。


黒公主は城門を離れると、蓮珠に宮城内を案内すべく、手を引いて先導する。

「陶蓮には、最初にどうしても見せたい場所があるのよ」

そう言って勢いよく城内を進んでいく黒公主に連れられて、蓮珠は早々に城外に出た。

「これが宮城の裏庭よ。ここが一番うちの国らしいと思う場所ね」

多層階の巨大な石城の裏には、城壁が見えないほど広い草原が広がっていた。その草原には、幕舎と小さめの柵が置かれていて、遠目に羊や馬がいるのが見える。

「これ、裏庭の規模ですか？　とても宮城の一部だとは思えません。あ、……幕舎に色の違う旗が立っているということは、それぞれの部族ごとに幕舎が？」

「そうよ。挨拶とかはまたあとでね。まずは、陶蓮に庭を見てほしいの」

裏庭に出て、さらに庭を見せたいとは、どういうことなんだろう。首を傾げながらも、蓮珠は前を進む黒公主を追って歩を進めながら、時折横目で裏庭の景色を見る。

裏庭でも城に近いあたりは、黒部族の区域だという。相国で言う『皇族』に仕える黒部族の人々が暮らしている幕舎が置かれていた。

「榴花《りゅうか》と朱景《しゅけい》の幕舎もあるわ。ただ、二人ともこのところ忙しいから、空が明るいうちは、幕舎に戻らないけど」

もと華国の公主とその侍女の転職先は過酷な労働環境らしい。

「……もう夕刻ですし、そろそろお戻りになるということではないんですか？」

初秋の夕暮れが草原と幕舎を優しい色に染めていく。風が夏の名残の花々を揺らしていた。遠目に囲いに戻される羊が見えるので、この国の人々の感覚として、日中の活動を終える時刻なのだろう。

「この季節は、星明りで夜も明るいうちに入るって言っていたわ。……陶蓮もそういうところあるけど、高大民族の人たちって仕事に夢中になると、休みもとらずに仕事し続けるところが不安になるわ」

否定できない。行部の庁舎で仕事をしていて、気がついたら外が真っ暗は日常だった。

「はは、すみません。……でも、お二人が元気そうだというのはわかりました」

榴花と朱景の威国行きを裏から支えた側として、二人の日常が充実しているのなら嬉しく思う。

「元気だし、張り切っているわ。……なんでも、中秋節に向けて、秋の庭に整えなきゃいけないらしいわ」

それは大事だ。栄秋でも中秋節ともなれば、大きな家では四阿《あずまや》を飾って、庶民は酒楼に集い夜明けまで月見をする。子どもも夜遅くまで遊びまわり、栄秋の不夜城の異名に相応しい一夜となる。高大民族の季節の行事の中でも、とても盛り上がる行事なのだ。そのための用意に気合が入るのもわかる。

「秋の庭ですか。それは邪魔できないですね。ぜひ、見てから元都を離れたいです」

蓮珠は、頷いて納得を示した。

「秋の庭だけじゃなくて、春の庭を見るまでいてくれていいのよ」

それでは、半月が半年になってしまう。

「それはちょっと……」

言い淀んだ蓮珠に、足を止めて振り返った黒公主が笑った。

「まあ、誰かさんしだいの話だから、いまは気にせず庭を楽しんで。そうだ。あの四阿にお茶を持ってこさせるから、先に行っていて」

少し離れてついてきているお付きの人にお茶を頼みに戻っていく。

黒公主が指さした四阿は、草原の中にあるとは思えない庭園の、入り口に見える場所にあった。

「すごい。草原に水路を通して、庭園の中心になる池を作ってある」

草原では水源確保が難しい。都の水源から通して、戻すようにしているのではないだろうか。蓮珠の中で、水資源の役人をしていた頃の感覚がむずむずする。こういうところが、仕事中毒と言われてしまう理由なのだろう。

「早く四阿に……。ん？」

水路を離れ向かった四阿には先客がいた。四阿に置かれた長椅子に腰かけ、一人の青年が、そこから見える庭園の風景を手元の紙に筆で写しとっている。

横顔の印象からいくと騎馬民族には見えないが、高大民族とも少し違う気がした。着ているものからわかるかと視線を移動したとき、その手元の紙に書かれた絵が見えた。

「きれいな絵……」

ちらっと見えたその絵に蓮珠が呟くと、青年が蓮珠を振り返った。気を悪くした様子はなく、初対面だというのにやわらかな笑みを浮かべてくれた。

「ありがとう。……よかったら、ほかの絵も見ていって」

青年は長椅子に置いていた紙の束を蓮珠に差し出した。

そのどれもが庭園を描いた風景画だった。この四阿ではない場所から描いたと思われるものもあり、かなりの枚数がある。

「たくさん描いたんですね」

「頼まれて描いているものもあるけど、いくつかはお土産にしようと思ってね」

お土産ということは、やはり威国の外から来た人のようだ。

「あなた、高大民族……？」

蓮珠が問いかけると、彼は繰り返し受けてきた質問なのか、苦笑した。

「正確には違う。まあ威国の人間ではないのは、たしかだよ。凌国から来たチアキだ」

名前の部分だけ発音が独特だった。凌国から来たと言うが、凌国でもあまりない名前のように感じた。

「チアキ？　……雅号《がごう》？」

絵描きならば有り得ると思って言ったが、彼は軽く否定し、これもまたよくある質問なのか、滑らかに答えた。

「いや、本来の名前だよ。数字の千に、季節の秋。まあ、だいたい同じ反応されるんで、普段は『センシュウ』と名乗っている。……君もこの国の人ではなさそうだね」

言われて蓮珠は一歩下がり、着ている衣装に合うよう後宮式の膝を曲げる礼をした。

「相国から来た陶蓮珠と申します」

「へえ。君が『陶蓮珠』か。蒼部族の太子妃様が、僕の絵を君に見せたいと、黒部族のお姫様と話していた。ちょうどよかったよ」

人の居ないところで何を話していたんだろうか、あの御二人は。

「凌では技術書の絵も描くんだ。道具の使い方を説明する本の挿絵だね」

千秋はそう言うと紙束の中から一枚、水路を掘るための大型の道具が描かれた紙を抜き出し、蓮珠に見せる。

「こういう複雑な造りの道具が多いから、凌の技術書の絵を描いている人間は、正確に描くことが求められるんだ。それに筆が慣れたころから、景色を描く時も見たままを描くようになってね。……そのせいかな、黒部族のお姫様から、庭の記録を残してほしいと依頼を受けて、こうして描いているんだ」

千秋は顔を上げると、蓮珠を頭から足の先までじっと見る。

「……君は、着ている衣装は上等だし、礼の形や細かな所作には身分の高さを感じさせるね。でも、生粋の貴族ではないのかな。僕の言葉遣いに眉をしかめない城勤めの高大民族は少ない。……威国の人たちは、そういうところあまり気にしないから、こうして意識せずに話しているけど」

ご指摘ごもっともだった。いま蓮珠が着ているのは、紅玉が登城用に選んでくれた華やかな襦裙《じゅくん》だった。宮城の訪問に失礼がないように装飾品も上等なものをつけている。この服装と装飾品では、跪礼《きれい》のような大きな動きはできないので、小さな動きの後宮式の礼や所作になるのだ。

「城勤めの淩国の人たちに会うってことは、千秋殿は城付きの技術者なの？」

あまり追及されたくないので、蓮珠はこちらから質問を投げた。千秋は特に気にした様子もなく、蓮珠の疑問に答えてくれた。

「技官ではないけど、城勤めだよ。……そのあたり事情がわかるということは、君も城勤めだね？」

千秋は、衣装や所作ばかりか、会話の内容からも蓮珠を探ってくる。ちょっと怖い人だ。そう思って蓮珠は、二歩ほど千秋から離れた。

「もしかして警戒させてしまったかな。色々聞いて、ごめんね。『陶蓮珠』という人物のことは書籍の仲介人？　のような存在だって蒼部族の太子妃様や黒部族のお姫様から聞いていたから、懇意の商人なのかと思っていたよ。会ってみたら商人という感じはしなかったから、つい気になって……」

その事前情報で、自分のような者が目の前に来ては、気になるのも道理だ。

「はは、黒公主様にとっては『書籍の仲介人』で合っているんです。……ですが、千秋殿がおっしゃるように城勤めをしておりました」

蓮珠は警戒していないことを示すために、千秋の座る長椅子に、適切な距離を取って自分も腰を下ろした。

「過去なんだ？……僕も本当の意味での城勤めは過去だよ。僕は見た目ほど若くなくて、東の果ての国っぽいところで生まれ育ち、成人後に役人をしていたんだ。僕を大陸へと送り出した故郷の人たちの目的は朝貢だった」

朝貢というのは、同盟や貿易等のつながりがまだ確立していない他国からの使者が、貢物を持って来訪してくることをいう。貢物を受け取った国は、それを持って来た国に自国の保護下にあることの書面や御物を与える。

それでいくと、千秋は凌国の保護を望む国から来たことになる。

「……ん？国っぽいってなんですか？」

指摘すると、千秋が苦笑する。

「途中で嵐に流されて、こっちに着いた時は、もう差し出せるものは、この命ぐらいだった。……でも、巡り巡ってたどり着いた地で、僕を拾った人が色々動いてくれて、ちゃんと朝貢のための使者として迎えてくれたんだ。すごいよね、国としての大きさも、その懐の深さも違いすぎて……自分の生まれ育った場所は、対等に国を名乗るなんておこがましいと、そう思って以来、かつて居た場所を『故郷』と呼ぶことはあっても『故国』と呼ぶことをやめたんだ」

千秋の故郷は、まだ国として存在しているのだろう。それなのに、国であることを否定するなんて。故郷を失った蓮珠には、それが少し許せないことに思えた。

「でも、千秋殿が生まれ育った場所でしょう？　大事に思うことは悪いことではないと思います。そこまで否定することはないのでは」

千秋がじっと蓮珠を見てから、ちょっと納得したように問いを返した。

「……大事に思うか。もしかして、君も生まれ育った場所を失ったのかな？」

なぜそんなことがわかるのだろう。蓮珠が即答できないのを見て、千秋が慌てて謝る。

「またやっちゃった。ごめんね。……いつまでたっても、知りたがりの癖が抜けないみたいだ。朝貢時の僕の役割は、この大陸で多くのものを学んでくることだった。僕の家は、代々学者を出す家で、その中でもたくさんの話を収集し、記録することが家業だった。いまもその癖が抜けないのだとしたら、僕も意外と『故国』に未練があるのかもしれない。やっぱり、人と話すのは面白いね。自分でも気づいていなかった部分が見えてくるから」

四阿からの風景を描き終えたのか、千秋が長椅子から腰を上げる。

「ありがとう、陶蓮珠殿。またの機会にゆっくり話そう。その時は、僕の描いた絵をもっと見てもらいたいな。僕が元都に着いたのは七日ほど前だ。君たちが元都の街で足止めを食らっている間に、貿易の関係で懇意にしている蒼部族の長に頼んで先に入城しちゃったんだけど、威国は初心者だ。……でも、君が知りたいかもしれない凌国の話ならできるよ。城内の話も少しは、ね」

それは、まさか翠玉が嫁いだ場所だから、蓮珠が知りたがっていると思ったのだろうか。そこまで知っているとしたら、ただの宮城勤めではない。

蓮珠が真意を問おうとする前に、千秋が笑って助言をくれた。

「僕は威国初心者だけど、少しだけ早く宮城入りして過ごした者として、君に言えることがある。この強さが基準の威国で、弱い高大民族が生き抜くならば、絶対的な特技があったほうがいい」

「生き抜く……？」

黒公主の認識でいけば、蓮珠は隣国の友人に招かれて、遊びに来ただけということになっているのだが、友人の家（？）に遊びに来て、生きるか死ぬかの話になるとは、さすが威国というべきか。

ちょっと呆れている蓮珠に、千秋はくすくすと笑ってから「またの機会に」と短い挨拶の言葉だけを残して四阿を出て行った。

変わった青年だった。本当にただの絵師なのだろうか。

蓮珠は彼が絵に描いていた風景を確かめようと、長椅子の千秋が座っていた位置に移動しようとした。だが、それを止める威国語の声が四阿に入ってきた。

『ちょっと、そこの女官。凌国からの客人になに話し掛けているのよ？』

振り向くと、どこかの部族の衣装を身にまとった一人の若い女性が、別の部族の衣装を着ている女性二名を伴って立っていた。

『その恰好《かっこう》からして高大民族でしょう？　ならば、いっそう身分を弁《わきま》えなさいよ』

高大民族が大多数を占める国々においては、北方の騎馬民族を下に見る傾向がある。それとは逆に、騎馬民族が大多数を占めるこの威国においては、高大民族であることで下に見られるようだ。どちらにせよ、不快な考え方ではある。

蓮珠は、その不快を顔に出さず笑顔を浮かべると、威国語で返した。

『先ほど宮城に参りました身でございます。右も左もわからず先ほどの方にお尋ねいたしました。……あの方が、どういった方かも知らずに大変失礼をいたしました。追って謝罪せねばなりませんね』

こういう手合いには、かかわらないことが最善手だ。張折的な思考で判断し、一旦四阿を出ようとしたが、そこをまたも止められる。

『ま、まちなさいよ、千秋様にまたお声を掛けようなんて、その考えが失礼だというのよ』

よほど千秋に近づけたくないらしい。ここを離れる言い訳の選択を間違えたようだ。だが、一度言い訳にした以上は、これを撤回するわけにいかない。

『おや？　謝罪することが失礼で、謝罪しないほうが礼にかなっているとおっしゃるのですか？』

これに相手が黙ったところで四阿を出ようとするも、四阿の出入り口には新たな人物の影があった。

『それはないわ。口より先に拳が出る我が国だって、失礼があればすぐに謝罪するわよ。そうでないと、部族間の争いに発展してしまうもの』

現れた黒公主が女性三人を睨んでいた。

手じゃなく拳が出るのか。いや、この国的には剣が出てもおかしくないから、穏便な表現なのかもしれない。

『檀《だん》公主。彼女は、ワタクシが招いた客人よ。黒部族の客人にずいぶんな態度じゃない』

どうやら彼女は檀部族の公主らしい。蓮珠は、まだ部族の序列を憶えていないのだが、首長を出した黒部族の序列が最も高いはずなので、黒公主のほうが檀公主より公主としての序列も上なのだろう。

『も、もの知らずに宮城の庭をうろつかせるのはいかがなものかと思いますけど』

檀公主は、黒公主に逆らうのは避けて、蓮珠を睨んで嫌味を言った。

『おっしゃるとおりではあるわね、檀公主。陶蓮を一人にしたのは失態だったわ。厄介ごとが寄ってこないわけがないものね。おまけに、謝罪ができない威国人という悪例を示してくれるなんて、恥ずかしい限りだわ。……不快な思いをさせて悪かったわ、陶蓮』

厄介ごとが寄ってこないわけがないというのは失礼発言の内に入らないのだろうか。

『あ、いえそこまで不快ではないですよ。……むしろ、懐かしいですね、この感じ』

蓮珠はしみじみと返した。

威妃の身代わりとして後宮に入った初期の頃は、いろんな嫌がらせにあったし、声を掛けられれば、たいていは一方的に悪く言われたものだ。後宮解散の少し前あたりから内部的な対立は少なくなっていたから、この種のやり取りは久しぶりだった。

『ちょっと言われたところで害はないです。廊下に虫の死骸や汚泥を撒かれたわけでもなければ、物が倒れてきたわけでもないですから、たいした被害ではございません。まあ、撒かれたところで、掃除が大変とかその程度の被害でしかないですけど』

気にしていないことを示すために微笑んだ蓮珠に、檀公主が頬を引きつらせる。

『……高大民族って、やることが陰湿すぎ……。それが懐かしいとか、なんなのもう！』

それだけ言って、檀公主は身を翻すと四阿を去って行った。脇を固めていた二人が後を追い、さらに侍女と思われる女性たちが、その後ろをついていく。

「さすが陶蓮。後宮慣れしているわ」

黒公主が笑った。

「相国後宮の闇を晒してしまった気がしなくもないですが。……それでいまの方は？」

蓮珠は改めて先ほどの人物について尋ねることにした。

「檀部族の公主よ。……序列が高いわけでもないのに、最近勢いづいているのよね。大陸中央の龍義軍が北にかまっていられなくなってから余裕が出てきたみたいで……」

どうやら、檀部族の序列は低いようだ。それにしても、こんなところで龍義軍の動向が関係してくるとは……。

「改めて一人にして悪かったわ。ほかに変なのに絡まれなかった？」

どうやら黒公主の中では、蓮珠が厄介ごとを引き寄せる前提になっているようだ。

「絡まれてはいませんが、不思議な人に会いましたよ。千秋殿という」

蓮珠が四阿で絵を描いていた人物の話をすると、黒公主が笑った。

「ああ、千秋に会ったのね。だからあの三人に絡まれたのね、納得いったわ」

「納得、ですか……？」

蓮珠の疑問に黒公主は顔を寄せて、内緒話でもするように言う。

「元都に来る高大民族の男性って、ここまでの道程を乗り越えられる程度に体力もある男性がほとんどなの。それでいくと、千秋は色白で全体的に細くて、夏の日差しを避けた四阿で繊細な絵を描いているという、本物の『物語に出てきそうな青年』だから」

思い出すと、たしかに四阿で絵を描く姿それ自体が、人物絵のような人ではあった。

「蒼妃様が威国にいらっしゃったばかりの頃はそうでもなかったんだけど、ここ数年で千秋みたいな男性が人気になってきているの」

さすが蒼妃様。宮城女性の男性の好みを変えるほどの影響力とは。

「なるほど。じゃあ、朱景さんもさぞかし……」

朱景は、榴花公主の侍女として長く女装で過ごしていた。線の細さも所作の優雅さも、年季が入っている。その上で青年として振る舞えば、それこそ大衆小説に出てきそうな男性になるのではないだろうか。

「そうね、朱景も少し前までは色々囲まれていたけど、いまはちょっと違うかな」

首を傾げた蓮珠に、黒公主がニマッと笑った。

「会えばわかるわよ」

楽しそうに蓮珠の手を引いた。


黒公主に連れられて着いたその幕舎は、周囲の幕舎に比べて、やや小さく見えた。だが、大きさは他のものと同じだという。小さく見える原因は、ほかの幕舎にはない、庭が取り囲んでいるためだった。

庭に配された巨石が、奥行きを感じさせ、本来開けた土地にどんっと置かれている幕舎を、趣ある仙人《せんにん》の庵《いおり》のように見せているのだ。

その幕舎から人が出てきた。宮城内でも見た黒部族の人々が着ている装束を身にまとった女性だった。

「お久しぶりです、陶蓮珠様」

声を掛けられ、顔をよく見てようやく気付く。

「……榴花公主様！」

華国の公主として相国に送り込まれ、その後にここ威国に亡命した榴花公主だった。

「いいえ、いまは、ただの榴花です。ご無事の到着、喜ばしく思います」

笑みを見せる顔は、以前より日に焼けて健康的だった。それだけではない、全体的に強さを感じる。だが、その強さは、榴花の傍《かたわ》らに立っている青年からより感じる。

「朱景殿もお久しぶりです。……なんか、とっても元気そうですね。こう……見た目にも、だいぶお変わりになられて」

朱景だとはわかっているのだが、骨格から変わってしまったような印象だ。背が伸び、肩幅が広くなり、顎の線は中性的な曲線から直線的になり男性らしさを感じる。大陸南部の人々は、基本的に背が高いので、彼もそうなって当然と言えば当然なのだが、ここまで変わるとは。

「そうですね、この国で色々鍛えられました。よく食べ、よく働き、よく寝たら、こうなりました」

威国の食事と労働のすごさを感じさせる言葉だった。

「働くと言えば、黒公主様からは、庭師になったと伺っておりましたが」

榴花と朱景が嬉しそうに微笑む。二人にとってそれは誇りを持てる仕事のようだ。

「はい。我々の庭をご覧になられたそうで。嬉しく存じます」

「まだ全体を見てきたわけではないのですが、すごく興奮しました！　あの作品のあの庭が、再現されるとこうなるの？　の連続で……もう大興奮ですよ」

庭園の出入り口の四阿しか見ていないのだが、千秋の描いた庭園の絵を見たので、どんな庭があるかはわかっている。絵には画題のように作品名が書かれていたので、蓮珠としてはちゃんと自分の目で見たいところだ。

「黒公主様も蒼妃様も、あなたに見せたいと何度もおっしゃっていました。色々あってお忙しいと思いますが、機会があれば、ぜひゆっくり庭を眺めてください」

朱景はやんわりと提案してくれたが、榴花は蓮珠の手を取り、懇願してきた。

「……ついでに足りないところとか、この作品のほうが再現するのに向いているとか、華国式だとこうなるが、相国式ならこうでしょ、とか……ご指摘ご提案をお待ちしておりますので、ぜひとも！」

かつて、蓮珠を訪ね、朱景を相国の官吏にしてほしいと訴えた時の榴花を思い出した。彼女は普段はそう見えないが、とても熱量のある人だ。

二人はこれからまた作業のために庭園に行くそうなので、蓮珠は黒公主とともに彼らの幕舎を出た。

「熱量がすごいですね。あのお二人が庭造りに、あれほどの情熱をお持ちとは……。庭園を見るのが楽しみになります」

なにより、あの二人がこの国で充実した日々を送れていることがわかって良かった。

例の四阿に戻り、改めてお茶をしようということで、庭園のほうへ歩き始めた蓮珠を呼び止める声がする。

「陶女史！」

華国的な呼び方だ。これが千秋の言うところの故国への未練だろうか。蓮珠は声の主である朱景を振り返った。

「どうされました、朱景殿？」

問うも、朱景はすぐには言い出せないようだった。

「少し先に行っているから、二人で話して」

黒公主が察して、場を離れてくれた。

黒公主の姿が遠くなると、朱景がためらいながらも本題を口にした。

「その……あとで、榴花様と私にだけでいいので、華王陛下の話をお聞かせいただけないだろうか」

あの方のどんな話を？　そう思ったのが顔に出たのか、朱景がぼそぼそと小さな声で補足した。

「噂では、首長の盟友と相討ちになったと……。どのような最期であったのか、できたらお聞きしたくて」

たしかに、そうなると威国の誰にも聞きようがないだろう。

「わかりました。落ち着いたら、こっそりこの幕舎に伺いますね」

まだ宮城に入れるようになったばかりだ。今日すぐには無理でも明日以降、どこかで時間を作ろうと思い、蓮珠はそう返した。

「ありがとう。……それで、あなたは大丈夫ですか？」

それを問いかける朱景の目に、彼が蓮珠の置かれた立場を理解していることに気づく。

「ええ、いまのところは……」

蓮珠は言葉を濁すよりなかった。元都に着いてから今日までは、なんとか翔央が威首長と挨拶できる状況になればと、それだけを考えて自分の今後のことは二の次だった。でも、元都入りの当初の目的は、多少予定と違っていたが果たされた。ここからは、自分のこれからを考えなければならない。

「一介の庭師になった今となっては何ができるわけでもないでしょうが、我々もこの国に知人が増えましたし、造園の技術協力を得た凌国の者を紹介することもできます。戻ることも留まることも難しいようなら、ぜひ声を掛けてください」

朱景の真摯な言葉に、蓮珠は感謝の笑みを浮かべた。

「ありがとうございます」

なにもなくなった自分を助けようとしてくれる人がいることが、とても嬉しかった。

威国入りの先輩である朱景に泣きつきたくなることは、その後すぐに起きた。

四阿でお茶を楽しみ、いよいよ庭園を回ろうというところで、蓮珠にお呼びがかかったのだ。それも、蓮珠を呼んだのは、対外的には黒正妃。相国で言えば、皇后にあたる威国最高位の女性である。黒部族から首長に嫁いだ三人の夫人の一人で、国内では黒の第一夫人と称される。

「ちょうどいいじゃない。首長との挨拶が済んでいる以上、次は黒の第一夫人だわ」

黒公主に促され、黒の第一夫人のところへご挨拶に向かうこととなった。

お会いする前に黒公主にお願いして借りた部屋で、紅玉の手を借り、衣装や髪を整える。威国の皇后にお会いするのに失礼があってはならないからだ。

ご挨拶の準備を終えて、蓮珠は紅玉を伴い廊下に出たのだが、そこで見覚えのある一団に遭遇した。黒公主の言っていた話で行くと、檀公主とその取り巻きである。今回はさらに多くの侍女も引き連れていた。わずか二刻（四時間）ほどでの再会である。

『あら、母上の……檀夫人のところにお伺いした帰りに、また会うなんて……』

多層階から成る威国の宮城は、首長の妃である『夫人』が暮らしている場所でもある。夫人と身の回りの世話をするもの以外は、宮城裏の草原にある各部族の幕営を居所としており、黒部族以外の太子、公主も普段は幕営のほうで過ごしていると黒公主から聞いているので、檀夫人に会いに宮城に来ていたということらしい。庭園での遭遇は、幕営から宮城に向かう途中だったのかもしれない。

『檀夫人のもとに出入りする商人が持ってくるものは、いいものが多くて、つい長居してしまったばかりに。……行きましょう』

蓮珠の目の前で身を翻し、先ほどの遭遇ではつけていなかった装飾品を見せつける。大ぶりな金の耳飾りや腕輪には、赤珊瑚《さんご》を削って磨いたと思われる大きな玉がついていた。いまの宮城で華国の国色である赤を目立つように身に付けるのはいかがなものなのだろうか。蓮珠は言葉を飲み込み、その一団が通り過ぎるのを待つことにした。

だが、その一団の最後尾、公主たちに従う侍女の一人が小さく囁いた。

『相国からいらしたそうですが、そのわりにはあまり華がないお姿だこと。相国は貿易で栄えているという話を聞きましたが、地味なものしか入ってこないのかしら。侍女も何も考えずに着せればいいのだから楽ですわね』

蓮珠では想定外の反応を返されると思ったからだろうか、今回は侍女に皮肉を言うことにしたようだ。もしかすると、『黒公主の客』という肩書のついた蓮珠を直接叩くわけにいかなくなったから、侍女同士の応酬に切り替えたのかもしれない。

だが、それは良くない選択だ。

『場に相応しい装いというものがございます。客人の身で華美な装束をまとうことは、失礼にあたりますよ』

紅玉のほうが、蓮珠よりも強いからだ。まして、彼女がこだわる衣装の話で、叩こうなどとは命知らずである。さらには、侍女同士の話で、遠慮などするわけがない。

『……もったいないですね。石の色が衣装のお色味に合っていないので、全体の調和がとれておりません。価値を正しく理解していないことを露呈しているようなものですね』

廊下で待機していた魏嗣が参戦する。威国に入って半月、蓮珠の側仕えである二人が、ただ相国一団の世話をして過ごしていたわけではない。二人とも皮肉の応酬をするくらいには威国語を習得できている。二人曰《いわ》く、市場で鍛えてきたそうだ。

そもそも高大民族の侍女や太監が、威国語を習得しているとは思わなかったのだろう。そのまま去っていくかに思えた檀公主の一団の足が止まってしまった。

『紅玉、魏嗣。ご挨拶で相手をお待たせするのも失礼ですよ。行きましょう』

こちらが動くよりないと蓮珠は、二人の主として常と同じように発言したが、直前まで威国語の応酬を耳にしていたので、自然と威国語を口にしていた。

その内容に再び檀公主たちがざわつく。思い返せば、檀公主たちが四阿に来た時、魏嗣はお茶の支度を手伝うため黒公主とともに蓮珠から少し離れていた。蓮珠が二人もの側仕えを従える身分だとは思っていなかったのだろう。蓮珠自身、そんな身分にないと自覚しているので、驚愕の目で見ないでほしい。

『では、皆さま。失礼いたしますね』

蓮珠は、相の後宮でそうしていたように、軽く膝を曲げる礼をしてから歩きだす。紅玉と魏嗣もそれぞれに礼をしてから蓮珠に従った。

「さすがですね、陶蓮様。主としての貫禄が違いました」

魏嗣が楽しそうに言えば、紅玉が胸を張る。

「礼をとった際の、お衣装の裾の広がり具合まで優雅でお美しく、完璧でした」

威皇后の身代わりであったことが影響しているようだ。

「威皇后の上位の女官という設定を越えていそうで怖いです」

さすがに黒の第一夫人にご挨拶するのに、黒公主の友人という肩書だけではどうかということで、ある意味正直に威皇后の筆頭女官であったことを明かすことになっていた。

蓮珠が不安を口にすると、魏嗣が笑った。

「礼の美しさが損になることはございませんよ」

それもそうかと納得して、黒公主に指定された庭園の一角に置かれた露台まで、紅玉と魏嗣の二人を従えて歩く主の顔をして廊下を進む。これまでは蓋頭《がいとう》があったので、上に立つ者の顔まで作りこむことはほとんどなかった。そのため、頬のあたりが緊張で力が入っている。

そんな蓮珠を迎えた黒公主は、ニカッと笑った。

「早速、やりあったようね」

もうさきほどの、檀公主とのやり取りを知っているようだ。耳が早いことだ。

「礼を尽くしたまでです」

小声で黒公主に返してから、蓮珠は黒の第一夫人の前に跪礼した。

『黒正妃様にご挨拶申し上げます』

本来、威国では立礼が基本だ。だが、上位の方々は、高大民族にとって跪礼がより丁寧な礼であることを知っている。初対面で、許されてもいないのに、跪礼しないことは、軽く扱われたと受け取られかねない。だからこその跪礼だった。

『顔を御上げなさい。首長より話は聞いている。そなたは、国主の命の恩人。丁重にもてなすのが礼儀だ。色々あって心落ち着かぬ日々を過ごしてきたことだろう、ゆっくりと心と体を休めるとよい』

落ち着いた年配女性の声が蓮珠に顔を上げるよう促す。

『ありがたきお言葉。黒正妃様、感謝いたします』

顔を上げると、声の印象より若々しく、力強い姿の女性が豪奢《ごうしゃ》な椅子に座っていた。威首長と同じく金糸の刺繍が入った、黒の合せ襟の袍を着ている。傍らに剣が置いてあるところが冬来を思い出させる。

『対外的には、それで合っているが、威国内では黒の第一夫人、もしくは第一夫人でよい。……黒公主からも話は聞いている。白公主のことで、そなたにはずいぶん世話になったようだな。こちらこそ感謝する。あの子が存分に動けたのは、そなたのおかげだ』

冬来は、白部族に生まれた二人目の公主だったが、白夫人の育児放棄で、黒の第一夫人の手元で養育されたという話があった。自身の娘と同じく思っていたのだろう。

『あと、すぐに忙しくなるだろうから、今日ぐらいは本当にゆっくりしておくといい』

『すぐに忙しく、ですか？』

凌に向かう出国準備のことかと思えば、黒の第一夫人が微笑んだ。

『蒼妃と黒公主の二人が相国での大衆小説の窓口に、以前からそなたを推していた。だから色々話をしたい者が居るようだ。なにせ二人が仕入れてくる大衆小説の男性像には、やや偏りがあるのでな。ぜひ聞いてやってほしい』

二人と男性の好みが合わないが、大衆小説は読みたいという方がいるようだ。

『はい。もちろんです』

『……この城を生きる女は、基本的に戦うことでしか表に出ることができない。それ以外は奥向きや裏方の仕事がほとんどだ。宮城勤めの者でも文字を読めぬ者が多い。貿易を通じて他国とつながるこれからの時代に、城の女が表へ出ていくためには、高大民族の言葉で読み書きできることが重要になると考えている。興味を引くものが有用であるならば、それを積極的に広めたいのだ』

黒の第一夫人はそこで言葉を区切ると、小さく高大民族の言葉で付け足した。

「もちろん、単純に面白いのでもっと読みたいという思いもある」

『畏まりました。そういったお話であれば、小官のような者もお役に立てるかと』

蓮珠が立ち上がると、黒の第一夫人はなおも高大民族の言葉で続けた。

「宮城での大衆小説流行《はや》りを聞きつけて、売りに来る商人もちらほら出てきている。だが、こう……玉石混交って感じで、これはちょっと……という本を買ってしまった者もいるらしい」

紙が貴重な威国では、書籍の値段が高い。とりあえずまとめて高額で買わせようとしている商人もいるようだ。

蓮珠としても良い読書体験をしてほしい。ここは力強く引き受けた。

黒の第一夫人への挨拶を終えた蓮珠は、黒公主に連れられて、彼女が宮城内に持つ居所に足を踏み入れた。

「先ほどはご同席いただき、ありがとうございました、黒公主様」

「気にしないで。宮城で過ごすのに、ワタクシだけじゃ足りないかと思って、黒の第一夫人に会ってもらうつもりだったから。……これで、よほどのことがない限り、城内で陶蓮にちょっかい出してくる者はいないと思うわ」

ありがたいことだ。蓮珠は深く頭を下げた。

「ご配慮ありがとうございます」

「ううん。ワタクシのほうこそ謝らなきゃだわ。ワタクシの客人だと言って元都まで来てもらったのに、宮城に迎えるまで時間がかかってしまったもの」

黒公主は話しながら手招きして、奥の部屋へと蓮珠を案内する。

「いえ。手紙はいただいておりましたし、お忙しいご様子でしたから。……本日は、小官にお時間を割いていただいてよかったのですか？」

たどり着いたのは、黒公主が集めたと思われる本の保管場所だった。

「いいのよ。……早く解決しないと、安心して陶蓮を見送れなくなるような話だもの。本当はここでもっとゆっくり本の話でもしたかったけど、しょうがないわ」

机上に積み上がった本を何冊か渡される。新刊のようだ。蓮珠はパラパラと紙をめくる。

「そうだ、紅玉。さっきの一件が、すでに後宮内では回っていて、部族衣装と凌国からの装飾品の組み合わせのことで話を聞きたいって申し出をいくつか来たのだけれど、どうしたい？」

その話に紅玉が反応するより先に、蓮珠が興奮して、紅玉の手を取った。

「部族衣装を見られるいい機会ではないですか？　紅玉さん、お話を受けてみてはいかがでしょう」

紅玉は相国西南部にある絹織物業で有名な凜西《りんさい》の街で生まれ育ったこともあり、美しく華やかな衣装を好む。着るよりも、衣装を眺め、学び、自分の手で作ることのほうが、より好きだった。威国に来てからの紅玉は部族衣装の刺繍の意匠に興味を持ち、街歩きに出ては、すれ違う威国の民が着る衣装を眺めていたのだ。

「はい！　ありがとうございます、蓮珠様」

紅玉の力一杯の返事に、黒公主が笑いながら自身の側仕えを呼び、紅玉を案内するよう命じる。

「では、魏嗣殿。くれぐれも蓮珠様のことお願いしますよ」

魏嗣に後を託し、紅玉が出ていくのを見送った蓮珠は、黒公主にお願いした。

「改めて庭園を観に行きませんか。後宮内にいると人目が突き刺さって」

蓮珠の提案に、黒公主が答えようとしたところに、威首長がお召しですと声が掛かる。

「……うーん。本当になかなか落ち着かないわ。魏嗣、ワタクシからも陶蓮のことをお願いしたいのだけど、いい？」

「もちろんです。ご一緒いたします」

魏嗣は、ひょろっとした身体でその場に膝をつき、跪礼した。

庭園に再び戻ってきたのは、蓮珠だけではなかった。

先ほどの四阿より庭園の奥に入ったところで、千秋に遭遇した。

「また、会ったね。……衣装を替えていたから一瞬わからなかったよ。庭園見学にきたの？　城内は難しいけど庭園なら案内できるよ。どう？」

「千秋殿。……良かったです。ちょうどお話ししたいと思っておりました！」

「そう？　じゃあ、話ながら庭園を回ろうか」

蓮珠を促す千秋を、魏嗣が警戒し、蓮珠の前に出た。

「大丈夫です、魏嗣さん。この方は、凌国からいらした絵師さんです。庭園の絵を描く依頼を受けていらっしゃるんですよ」

すぐには警戒を解かなかった魏嗣だが、千秋の絵を見て、ようやく納得した。

「失礼いたしました」

「側付きというか護衛なのでしょう？　警戒心があるのは悪いことじゃないですよ」

千秋は魏嗣の謝罪を受け入れると、さっそく蓮珠を案内して庭園を歩き始めた。

「千秋殿は、よく庭にいらっしゃるんですね」

案内するというだけあって、庭園を進む千秋の足取りには迷いがない。

「ここでは、庭の絵を描くことが仕事のようなものだからね」

笑う彼は、蓮珠に『この庭園は、この位置で座った時が一番いい』と見所も教えてくれた。同時に手元の紙に書かれた文章を指さし、どの作品のどこに描かれた描写からこのような庭になったのかを示してくれた。

「元の文章も読んだんですね」

「もちろんだよ。その庭の中心に据えられているのが何かは、絵を描くうえでとても重要だからね」

風景を描く絵師と言っても、千秋は頭で考えて描く類の絵師のようだ。

「それが千秋殿の絶対的特技ですか」

蓮珠が指摘すると、千秋は少し考えてから頷いた。

「そうだね、そう言えると思う。……もっとも、この国に来てから、これが役に立つことを知ったんだけどね」

「そうなんですか？」

「技術書の絵を描く者は、凌国にはそれなりにいる。この種の絵は経験値だ。熟練の絵描きも多いから。……僕はどちらかというと、直線的な技術書の絵より、庭の風景を描くような曲線的な絵のほうが向いていたんだ」

千秋ほどの絵が描けても、まだ技術書の絵を描く者には上がいるということか。技術大国の絵師の水準は、そうとう高そうだ。

蓮珠は小さく唸った。

絶対的な特技に要求される水準が高すぎる。蓮珠は下級官吏としての十年で、たくさんの部署の仕事を経験した。逆に、これだけに専念してきた、といえるものがない。上級官吏として行部で従事していた仕事に至っては、部署間の調整を行なうことが主軸なので、広く浅い業務知識に拍車がかかった感がある。

「もしかして、自分の絶対的な特技が何かで悩んでいる？　……まあ、それを見いだせていない人は多いと思うよ。それに、自分ではごく普通のことだと思っていたけれど、誰かに指摘されてそれが特別だとわかることも多いんじゃないかな」

初対面の時もそうだが、千秋の推察は精度が高すぎて怖い。蓮珠としては、ただ唸っていただけだというのに。

「誰かから見たら明らかなことも、自分ではわからないもの……ということですか？」

隠しようがないなら、開き直って悩み相談をしてしまうことにして尋ねる。

「そういうことだね。陶蓮珠殿は黒部族のお姫様と懇意にされているようだけど、どういう縁？　そのお二人を縁づけたなにかは、きっと民族の違いを超えて、双方にとって価値のあるものなのだろうね」

威国人である黒公主が、蓮珠に見出したものが、自分ではわかっていないが、この国で生かせるなにかになるということらしい。

だが、蓮珠と黒公主を結ぶ縁は、大衆小説の読者であることだ。

「……そういうものですか？」

この縁が、そのまま絶対的な特技になるとは思えないのだが。再び唸った蓮珠に、今度は何かを察するということなく話題を終わらせた。

「そういうものだよ。僕から聞きたかったことは解決したかな？　じゃあ、ここからは庭を楽しむことに集中しようか？」

そう言った千秋の『集中』は、彼自身の集中でもあったようで、ひとつの庭の説明に掛ける時間が尋常でなく、二つ目の庭の説明を受けたところで、空はもう夕刻というより夜になっていた。

「またの機会に案内させてほしい。庭の元になった作品を良く知る君からの話は、とても参考になるから」

見学はここまでと宮城に帰る道で、千秋から次回の約束を迫られた。熱意に負けて承諾し、道を分かれて数歩。二歩後ろを来る魏嗣がため息をついた。

「……また厄介なものを引き寄せるんだから、陶蓮様は」

もしや、これこそが絶対的な特技か。そう思った自分はきっとそうとう疲れている。蓮珠は、とぼとぼと宮城へ戻っていった。

第四章

千錯万綜
〔せんさくばんそう〕

相国一団がようやく宮城で威首長と対面した日の夜。

全部族の長を招くような大規模なものではないが、黒部族に近しいいくつかの部族の者も招いた、相国一団の元都入りの歓迎会が行なわれることになった。商館に戻っていた翔央たちは再び身支度を整えて登城したわけだが、紅玉と魏嗣が蓮珠についていたため、商館での三人分の支度を秋徳一人で担ったそうだ。宮城到着後、紅玉と魏嗣が秋徳を慰めていた。

この急な開催は、黒の第一夫人が蓮珠の挨拶を受けた後に、急遽決めたことらしい。本当は一刻も早く淩国へ向かわねばならない相国側の事情を汲んで、事が早く進むように、非公式でも新皇帝紹介の場を設けてくださったのだ。

黒部族に近しい蒼部族からは、蒼太子と蒼妃が出席していた。蒼妃の出席を止める者は多かったが、彼女は自身の太子妃としての役割を果たすのだという強い意志で出席を決めた。そうは言っても、歓迎会が始まって少し経った今も姉弟の接触はない。

お互いの拒絶によるものというわけではない。翔央には新たな皇帝として挨拶回りがあるからだ。しかも、翔央を連れ回しているのは威首長本人だ。

やっぱり黒熊おじさんは面倒見がいい。蓮珠は彼の変わらない部分を見られたことがうれしかった。

一方、張折は、蓮珠とは違った意味で威首長の面倒見の良さを喜んでいた。威首長がいるので通辞の役から解放されたからだ。

「歓迎会まで半月……。とてつもなく今更な感じだな。酒がうまいからどうでもいいが」

張折が盃を手にしてすっかり緩んだ表情をしていた。だが、それを咎める者もいない。威国側の人々も緩んだ顔をしている。今日は、宮城の門が半月ぶりに開いた喜ばしい日で、この国の人々的には飲む口実があれば、理由は二の次というところらしい。

「さっきの威首長のお話、叡明様らしかったですね。蒼妃様の婚儀が延期になったからって、遺跡巡りをしたいとおっしゃるなんて……」

亡くなった者を偲ぶという時、威国ではなるべく明るい話題を選ぶそうだ。死者の未練にならないようにといった俗信の類ではなく、暗い話をすると、終わった部族間闘争が再燃しかねないという物騒な理由によるものだった。

その話をした威首長はもちろん、当時その場にいたらしいほかの部族の人々も思い出して大笑いしていた。李洸はもちろん、張折も叡明のやらかした過去に頭を抱えた。

同じ顔で中身違いとさんざん言われた翔央が今更な謝罪をした。

『俺の片割れが誠に申し訳ないことをした。叡明は、普段は見えすぎるくらい周囲が見えているんだが、ことが遺跡や遺物、古書となると、途端に視野が一点集中になってしまうところがあってな』

まだ威国語慣れしていない翔央のぎこちない謝罪に、威国側の人々は翔央の中身は蒼妃に似ていると評した。

十八部族から成る威国では、部族ごとの気質というのがあり、誰が誰の気質を受け継いでいるかをとても重要視するそうだ。その気質によっては、父系・母系を、時には部族を跨いで養子に出すこともあるという。

「翔央様は、蒼部族的、ということになるのでしょうか」

ようやく挨拶を終えて戻ってきた翔央に李洸が尋ねた。

「外見は叡明、中身は姉上か。まあ、悪くはない」

翔央が笑って手にした盃を一気に飲み干す。挨拶回りで喉が渇いたらしい。

「相変わらず、仲がよろしいですね」

蒼太子が笑って声を掛けてきた。傍らに蒼妃の姿はない。見れば、蒼妃はどこかの部族の太子妃と思われる女性と話をしている。蒼妃を伴っていないからこそ、蒼太子は翔央に話し掛けてきたのかもしれない。

「蒼妃にも言ったことですが、我々には兄弟仲が良いという感覚がありません。男児は、各部族からの夫人に一人と定まっている。兄弟は誰もが次期首長を、あるいは部族の序列を争う相手ですから」

それを聞いた翔央は、この数ヵ月の出来事を思い起こしたのか、どこか遠くを見る目で蒼太子の話に返した。

「それでいくと、俺達双子は早いうちに次期帝位の候補から外れていた。そして、幼いなりにそのことを悟っていた。長兄も同様に。……次兄は次期帝位を約束されていたんだ。だが、約束されていたからこそ、それを奪われるかもしれないからと、兄弟の中でただ一人頑なだった。末の弟には、年が離れすぎていたから、そういう相手とは見ていなくて、警戒心をむき出しにはしていなかったけれどな。その次兄だって、幼い頃は距離が近かった。俺たちを分断したのは、太皇太后だった」

翔央は二杯目の盃の中身も一気に飲み干した。李洸と張折は沈黙する。蓮珠も何も言えなかった。呉《ご》太皇太后が皇室に落とした影は大きく濃い。

これに蒼太子が苦笑する。

「僕も本音では、自分のことを首長候補だとは思っていません。十八部族の中で蒼部族は真ん中くらいです。序列上位の部族には、武勇と知略を持ち合わせた太子が何人もいます。戦うことのできない太子では十八部族をまとめ上げることはできませんから」

途中から声の調子が落ちて、これはこれで蓮珠たちが沈黙せざるを得ない。

「ここだけ暗いように思えるのだけれど、なにごと？」

一筋の光のように、その声が入って来てくれた。

「蒼妃様。ご挨拶が遅れました。お久しゅうございます」

蓮珠は歓迎会という場所を考えて立礼した。

蒼妃は蓮珠に話し掛けるも翔央のほうは見ようとしなった。

「清明節《せいめいせつ》以来ね。うちの弟たちどころか、父上まで世話をかけたみたいで……」

そこで蒼妃の言葉が途切れた。ゆっくりとあげられた顔が、まっすぐに翔央を見る。

「……生きて、生きて会おうってあんなに言ったのに、あの馬鹿弟……」

「蒼妃。幕営に戻ろうか。……皆さん、すまないけど失礼するね」

蒼太子が泣き崩れそうになる蒼妃を支えて言った。

「蒼太子。姉をお願いします」

年上の義弟に言われて、蒼太子は小さく微笑むと、蒼妃を支えて歩き、その場を離れた。

「姉上には、蒼太子がいるから大丈夫だろう」

そう呟く横顔に、蓮珠は何とも言えない気分になった。

蒼妃には……というなら、翔央はどうなのだ。李洸も張折も気づいている。翔央は、前を向いていない。元都入りして半月、開かない城門に対して積極的対応を避けていたのも、それが原因だ。

翔央のほうこそ、父親と双子の兄の死に動揺したままの状態であり、自身が新たな皇帝であることを受け止めきれていないのだ。だから、威首長も黒公主も……。

蓮珠は、空になった盃を見下ろす翔央の袖を強く引っ張って会場から廊下に出た。

「翔央様、わたし、大衆小説の仕入れ担当者になろうと思います！」

まずは蓮珠自身が前を進む姿勢を見せるべきと宣言したが、翔央がしばらく呆然としてから、額に手をやった。

「……どうして、そうなった？」

「それが私の絶対的な特技を生かす仕事だとわかったからです」

蓮珠は庭園で会った千秋の話をし、それにより自身の進む道が見えてきたことを語った。

「わずか半日離れている間に、もう新たな仕事を拾ってきたのか。この仕事人間が……」

「すぐに出国とはいかないようですから、この国でお世話になる以上は、相応の働きを見せるべきだと思うのです」

李洸と張折が笑いをこらえて肩を震わせているのが視界の端の端に入っているが、見えないふりをしておく。

「働きたいのは、わかった。……だが、蓮珠。その仕事を始めると、おまえだけ出国許可が出なくなるんじゃないか」

翔央の指摘に一瞬考えてから、蓮珠は大きく頷いた。

「……なくはないですね。黒公主様は、特に強く出国禁止を訴えそうです。最近は、庭造りのために大衆小説を読み始めた榴花様が、どっぷりはまったと朱景殿もおっしゃっていましたし、足止めしてくる人が一人や二人ではない状況かもしれません」

大衆小説の仕入れ担当者。これこそ黒公主との縁から導いた絶対的な特技を生かした仕事なのだが。

「朱景殿と話したのか？」

翔央はどうも朱景を気にしすぎている。

「はい。……あと、事後報告になりますが、この宴の前に黒公主様のご許可をいただき、お二人の幕舎へ。華王陛下のことをお話ししてきました」

華王のどんな話をしてきたのかを悟り、翔央は瞑目《めいもく》した。

「そうか……。たしかに、あの二人は聞く権利があるな。伯父上の死をどう受け止めるかは複雑なところだろうが」

「特に朱景殿はそうですね」

朱景は、華王の大粛清により家族を失い、家門も潰されたのだから。

「朱景殿は、ただ一人の血縁だったたな……。わかってはいるが、なんとも……」

　また、そこに思考が戻るらしい。蓮珠と朱景に特別な縁を見て、どうしてももやもやするらしい。だが、急に翔央が廊下の天井を見上げ呟いた。

「……そうか、今気づいた。俺の血縁は、もう相国には一人も居なくなったんだな」

　翔央は近くの柱に背を預けた。

「相との縁を失ったような気になる。……もう故国とは呼べないのかもしれないな」

　蓮珠はすぐさま翔央に詰め寄った。

「翔央様がお考えになる相国との縁は、血縁だけなのですか？」

　見上げる蓮珠を見返す翔央の目が、ふっと和む。

「そうだな。……この先、どうなったとしても、俺はおまえとの縁を離さないよ」

　翔央はそっと蓮珠の頬を撫でた。

「なにもなくなった俺に未練があるとすれば、それは帝位じゃない。おまえの傍らに堂々と居られる権利だ」

　言いながら上体を倒すと、翔央は蓮珠の肩に額を乗せた。

「……相国の民が心配だ。早く安心して暮らせるようにしなければ」

　長い沈黙のあと、翔央が呟いた。蓮珠だってわかっている。彼は帝位に未練がなくても、帝位をどうでもいいものだとは思っていない。むしろ、禅譲後の相国がどうなるのか、相国のこれからに対する未練はたっぷりだ。それなのに、同じくらいこれからの相国に自分はいらないと思い込んでいる。

「……相国の武官の地位は低いですけど、将軍の地位には、政《まつりごと》への発言権が認められています」

蓮珠は翔央の背に手を回した。

「元武官の文官だっています。……翔央様、貴方が本当に護りたいのはわたしじゃない。わたしは、貴方の護りたいもののごく一部です。いいじゃないですか、堂々と口にしたって。わたしにとって、貴方のその願いこそが希望です。その支えになれる自分であることが理想の生き方だと思うほどに。だから、翔央様。どうかわたしから希望を奪わないでください」

郭翔央という人は、相国で生きていくための絶対的な特技を持っていると蓮珠は思う。この人だけが、これからの相国を護れるのだとそう思う。たとえ、本人がそのことに自信がなくても、蓮珠は自信を持ってそう言える。彼こそが、希望なのだと。

「……蓮珠は、俺を働かせるのがうまいな」

小さく笑って上体を起こした翔央は、廊下から見える宮城裏の草原に視線を向けた。

「少し……馬に乗って出ないか？　ハル殿から裏庭のよく星が見える場所を教えてもらったんだ。ゆっくり物を考えられる場所だからって」

ゆっくりと考えたいことがある彼の、その傍らに居ることを許されている。それだけで、十分に幸せだ。彼が選ぶ道が、再び身分の溝を深くしたとしても、こういう時に傍らにいることを許される存在でいられるなら、それでいい。

「はい。ご一緒します」

蓮珠は後宮式の軽く膝を曲げる礼で、翔央の誘いに応じた。


黒部族で借りた馬を、翔央はすぐに乗りこなした。軍馬の少ない相国で武官をしていた翔央は、軍馬として訓練された馬ならばどんな馬でも乗ることができる。だが、軍馬が多く、それぞれに愛馬を持つ威国の人々からすると、すぐに馬を制御下に置いた翔央は、高大民族にしては馬術の技量があると騒がれた。

「なるほど。……何が特技なのかは、誰かに言われてみないとわからないものだな」

宮城の厩《うまや》を離れた翔央がボソッと呟いた。

相国の都である栄秋は、不夜城と言われるほどの眠らぬ街で、夜は夜で多くの人が酒楼や花街に繰り出し、それを迎える店の明かりが夜空を照らしていた。星のない街だった。火の灯る宮城を離れれば暗くなるかと思えば、星明りに空が薄青く輝かせていた。不夜城の異名を持つ栄秋は、夜も街が明るく、星はここまで見えない。

「すごいですね。ここまでの満天の星なんて、いつぶりでしょう。空のほうが地上より明るいくらいですよ……」

蓮珠は翔央の前に横乗りし、馬に揺られながら星空を見上げていた。最初こそ馬を走らせていた翔央も今は歩かせている。

宮城の裏の草原は本当に広かった。十八部族の拠点がそれなりの距離感で置けるのも頷ける広さだった。

「なんだか身体の力が抜けますね」

長く感じることのなかった、ゆったりとした時間の流れに、蓮珠は大きく息を吐いた。

「そうだな。ずっと走り続けているような状態だったからな。馬上で体の力が抜けるなんて、何年ぶりだろうな」

ずっと走り続けてきた感覚は蓮珠にもある。威妃の身代わりになった日から、ただひたすら走り続けてきた。結果、ずいぶんと遠くまで来た。

馬が草原を進むほどに、星の数が増えていく気がした。これほどの星を見たのは、白渓以来ではないだろうか。

「……でも、見えなかっただけで、本当はずっとそこに在ったんですよね」

ふと、そんなことを思った。夜も明るい不夜城・栄秋では、星が見えなかっただけだ。この場所の空だけが満天の星を戴いているわけではない。何もなくなった白渓の空にも、栄秋の空にも、同じように星空はある。そう思うことで、ひとつの未練とも向き合える気がした。

「だから、星になったお二人は、きっとこれからも見守ってくださる」

後を任せるとだけ言って、崖の向こうに消えた二人に未練があった。いつもと同じように、二人が戻ってくるのではないか、そう思って。いや、思いたかった。この希望が、蓮珠にも翔央にもあって、もしかすると、李洸や張折にもあって、それが凌国へ向かおうとする足を鈍らせている。あれから約半月が経った。己の中の未練と向き合い、二人の不在を受け入れる時が来ているのだ。

「……そうか、叡明がみま……」

翔央が星空を仰いだまま首を捻る。

「いや、睨んでいるんじゃないか？　半月も元都に留まったままだ。相国に戻ることも、当初の目的である凌国へ向かうこともしていないからな。……ふむ。よくないな」

翔央が蓮珠の目を見つめてくる。言いたいことはわかる。相国に戻るにしても、凌国に向かうにしても、蓮珠をどうするかが問題になるからだ。

「俺はもう立ち止まることを許されていない身だ。……でも、蓮珠は違う。おまえは、いまそうしているように、身体の力を抜いて星空を眺めていてもいいんだ。姉上や黒公主を頼って、この国にしばらく滞在するのも悪くない選択だと思うぞ」

縁を離さずとも、手は離すつもりらしい。蓮珠は翔央の手綱を握る手の上に自分の手を重ねた。

「わたしを置いて、凌国に行かれるおつもりなのですか？」

翔央が苦笑する。

「元々の予定が、威国で身代わりを終えてのんびりしているはずのお前を迎えに行くはずだったんだ。多少順番が違っても、俺がおまえを迎えに来ることに変わりはない。叡明がいなくなった今、凌国へは俺が行かねばならなくなった。でも、龍貢殿への禅譲が済めば、俺も役割を終える。李洸と張折はすぐにでも相国に帰さねばならないが、俺はおまえを迎えに威に寄って……ハル殿にでも頼んで、鈍った武術の腕を磨きなおしてから、再度武挙（武官任用試験）を受けて武官になるというのが順当な復帰計画ではないかな」

翔央に武術の腕を磨きなおす必要があるのかは疑問だ。彼は今も本来の技量を隠しているはずだから。

「翔央様が武官に！　それは、引く手あまたでしょうね」

蓮珠は、春礼将軍と許家《きょ》あたりで取り合いになる翔央を想像した。

「なにを言うやら。……蓮珠のほうが引く手あまただろう。姉上も黒公主もお前を留めたくてしょうがないようだ。いっそ、威国の官僚になって、高みに昇ってみてはどうだ？　なにせ、相国の官僚は有能だ。特にこれからの威国には、有能な文官が必要だろうから元相国官吏は重用されるぞ」

「いやいや、武官で皇帝業の御経験もある翔央様なら、威国だけでなく大陸中で引く手あまたですよ。武人として強く、政治もわかるなんて、最強です。これからしばらく続くだろう大陸の混乱を乗り越えるにはあなたのような人が必要ですから」

蓮珠の熱弁に、翔央が俯く。

「政治がわかるは買いかぶりだ。しょせん叡明の真似事《まねごと》にすぎない。新たな地の新たな出来事に対応できない為政者では、民が不幸だ。……そうだな。俺は、高級官僚になった蓮珠に、用心棒兼任書類整理役として婿《むこ》入りしよう」

後半、声を明るくさせた翔央に、蓮珠はかぶりを振った。

「……翔央様。用心棒としてはともかく、書類整理はまだまだわたしが自分でやったほうが早いので、別の売りを提示してください」

「雇用条件の厳しい主だった……」

翔央が肩を落とすも、すぐに顔を上げる。

「じゃあ、用心棒一択で婿入りする」

それは別の売りの提示になっていない。蓮珠は呆れて別方向から提案受け入れを拒否した。

「どこにですか？　私の家はとっくの昔になくなりました。婿入りする家がありませんよ。それに、あなたが郭家を繋いでいかなくてどうするんですか？」

「凌国に長兄がいる」

翔央は即答した。蓮珠もまた即反論してみせる。

「あの方は、帝位継承権を放棄されたはずですよね」

少しの沈黙のあと、翔央が別方向に話を持っていく。

「臣下に降ったが、郭姓はまだ相国内にいるわけで」

「翔央様。……落ち着いてください。それは現実的ではありません」

先帝・郭至誠の異母弟である郭広《かくこう》は、臣下として礼部《れいぶ》の長になっている。相国は基本的に皇帝の兄弟は臣下に降ることになっている。貴族層を作らないことは、相国太祖の決めたことであり、郭広に帝位継承権はない。帝位についた叡明の兄弟が宮中に残ったのは、即位時の叡明が喜鵲宮時代に宮妃を娶《めと》っておらず、子もなく、兄弟から立太子するよりなかったからだ。

「根っからの官吏のくせに、商人になろうとか言いだした者に、現実的じゃないとか言われたくないな」

「そんなことないですよ。威国に入ってくる大衆小説を見極め、良質の本を仲介する。それが仕入れ担当です。仕入れで物の正しさを確認し、部署に仲介する……やることは行部と変わりません。つまり、わたし向きです！」

蓮珠は自信たっぷりに宣言したが、返されたのはため息だった。

「どこまでいっても仕事中毒だった。……それでいい。蓮珠は何者かになる必要なんてない。蓮珠は蓮珠のままで十分に強い。元じゃない、お前は今も相国最高の官吏だ」

やや投げやりだが、蓮珠としてはうれしいことを言われたので笑って返す。

「それを言うなら、翔央様だって何者かに……叡明様になる必要はないんです。翔央様は翔央様のままで十分にお強いんですから。だから、翔央様も元じゃないです、貴方は今も相国を守り戦い続けている最強の武官です」

翔央が豪快に笑った。

「そうか。大陸最高の賢人と最強の武人のあとに残ったのは、官吏と武官か。なんとまあ格の落ちたことか。……でも、いいな。蓮珠、やっぱり二人で相に帰ろう。どんな立場でもいい。あの国で、最期まで生きよう」

星明りの下、微笑む翔央は、彼本来の朗らかな表情をしていた。

「はい、翔央様。ご一緒いたします」

誰の身代わりでもないこれからを、翔央と一緒に生きていきたい。睨んでいてもいい、呆れていてもいい。それでも、あの二人が見ていてくれるのなら……。蓮珠は、もう一度星空を見上げ、そう祈った。

歓迎会の翌朝、蓮珠は黒熊と再会した東の市場を再訪した。

「……で、蓮珠。昨日の今日で、なぜ俺たちは市場に居るんだ?」

蓮珠の傍らで翔央が首を傾げる。

「役人としても、大衆小説の一読者としても、より良く正しい本が売買されるべきだと思うので、市場調査です」

答えながら蓮珠は周辺の店先で売られている品を確認する。東の市場は凌国から威国に来ている人々向けの商品が並んでおり、その多くは凌国から仕入れたものだ。この国に滞在する高大民族が何を求めてここへやってくるのかが、並ぶ品々から見て取れる。

「俺に大衆小説の善し悪しはわからんぞ。それこそ叡明じゃないのだから」

「叡明様は訳すことに徹しただけで、良し悪しとか考えていなかったと思いますよ。だって、あの叡明様ですから」

翔央が「それもそうか」と納得してから、改めて周囲を見た。

「紅玉と魏嗣は？」

「元都のどこの市場で大衆小説を扱う商人が店を出しているかはわからないので、ほかの市場を見てくるようにお願いしました。最初は渋られたんですけど、翔央様がご一緒だと言ったら了承してくれました」

「完全に護衛要員ではないか。事後承諾が過ぎるだろう。その時点どころか、市場に着いてからここが目的地と聞いたのだが……」

そうと聞いてれば、相応の準備をしてきたのに……と、ぶつぶつ言っている翔央の袖を蓮珠は強く引いた。

「この市場が本命なんです。威国人向けに外から入ってきた高級品を売っている店が並んでいたので」

紙の生産をしていない威国では、紙は相国では考えられないほど希少品だ。だから、紙でできている物は、本であろうとなかろうとすべてが高級品だ。

蓮珠は翔央の袖をぐーっと引いて、彼の耳近くでささやいた。

「……翔央様、本を仕入れて売ったら、本当にひと財産築けるんじゃないですか？　いま、金環で支払いをしている人がいましたよ」

金環は、銅貨と同じく貨幣の一種である。日常的な売買や小規模の取引は銅貨で十分だが、高額の取引には地金を環型に固めた銀環や金環を用いる。もっとも、金一環での取引は、かなりの高額商品でしか使われない。相国では、宝石などを扱う商人が高額取引に金を用いるが、金環では分割が難しいので量で金額を調整できる砂金を使うほうが多いくらいだ。

「見間違いではないのか？　市場の取引で金環はないだろう。金環なんて栄秋に大きな店を構える豪商が扱うようなものだぞ」

それだけ、このあたりの店で扱う品が威国的に貴重品なのだろう。

蓮珠は、相国の輸出品目の改善を考えて、改めて店先に並ぶ品々とそれを買いに来ている威国人の富裕層を観察することにした。

その視界に、突如色味の違うものが入ってきた。

威国人の富裕層は、誰もが色鮮やかな刺繍の施された部族装束に身を包んでいるのだが、その中を、やや色あせた黒一色の、刺繍もない装束に蓋頭のようなものを被った二人組が歩いていた。

「あの二人組か。……着ているものから見て高大民族だが、相では見ない服装だな。凌の者、とも違うな。このあたりで店を出しているのは凌の者が多いが、彼らが着ているものとも異なる。こういうのは、紅玉が得意とするところなんだが……」

蓮珠の視線に気づいた翔央が、視線の先の二人組を見て、何者かを考える。

二人とは少し距離があり、その後ろ姿しか見えないので、わかることは少ない。

それぞれが手に木箱を持っているように見える。どこかの店に品を届けに来た裏方だろうか。

「売りに来た側かもしれないぞ。荷物が多そう……だ……」

言葉の途切れに翔央の顔を見上げれば、彼は前方を見据えている。

「……あの二人、つけられている。蓮珠。少し離れるぞ」

言うや否や市場を行く人波の中を駆けだした。

「なにを見て……？」

先ほどの二人組に視線を戻せば、彼らが五、六人の集団に囲まれ、路地へと押し込まれそうになっていた。

東の市場の一角。威国では希少価値の高いものを携えて入国し、威国の富裕層向けに商売する者たちの店が集まっていた。そんな東の市場にあって例外的に威国の民が多いこの場所を、抜きん出て長身の高大民族が一人走っていく。翔央はすでに自身の得物である棍杖を構え、露店と露店の間の路地へ駆け入った。

「翔央様！」

翔央に遅れて、蓮珠も路地へ走りこんだが、だが、すでにそこでは一方的な争いが展開していた。

翔央が跳躍し、路地に押し込まれた二人を囲む者たちに棍杖を振り下ろし、さらには下ろした勢いそのままに今度は彼らの足元を薙《な》ぎ払ったのだ。突然の翔央乱入に、相手は身構える間もなく顎や首筋に棍杖の一撃をくらって、その場に倒れる。

「無事か？」

翔央がならず者と思《おぼ》しき者たちに囲まれていた二人に声を掛ける。

「た、助かった」

それぞれに箱を抱えて座り込んだまま震えている。

「そうか。無事でなによりだ。……こいつらがそなたらに襲い掛かるのが見えたものだから、つい手出ししてしまった。威国の捕吏に引き渡すか？」

翔央が地面に転がる男たちを見下ろし、二人に尋ねた。

「い、いいです。その、持ってきたものをすぐに渡さなければならなくて。時間を取られることは……」

二人のうち一人がなんとか立ち上がり、翔央の申し出を断る。

「そうか。では、人通りの多いところまでは送ろう」

翔央がまだしゃがみこんでいたもう一人に声を掛けて立ち上がらせる。

「あの、あなたは……？」

問われた翔央は、蓮珠を振り返ると、にやっと笑った。

「俺は、そこの女商人に護衛として雇われている者で郭華《かくか》という。おまえたちも、商売の品を運ぶなら用心棒を雇ったほうがいいぞ」

武官時代の名前を使うとは……。これは完全に護衛役を楽しんでいる。

「助けていただいて、ありがとうございます。俺たち、元都に来たのは今回が初めてで、人の多さに圧倒されていて、襲われるまで狙われていることにも気づけず……」

二人が被っていた蓋頭をとり、顔を上げた。

年の頃は十代の終わりだろうか。顎のあたりにまだあどけなさが残る同じ顔をした青年二人だった。問うまでもなく、双子の兄弟だった。

「あの、この方のような用心棒というのは、どこへ行けば雇えるものなのでしょうか？」

蓮珠は問われたが、一瞬反応が遅れる。

「あ、えっと……難しいですね。わたしの護衛は、相国の栄秋から同行してもらっているのですが……。お二人は威国の言葉は堪能ですか？　元都で用心棒を探すとなると、やはり威国の腕に覚えある者と交渉することになります。威国語を話せないとなると、だいぶ厳しいです」

蓮珠は二人に正直なところを答えた。商館滞在で顔見知りになった凌国からの商人たちが、そんな話をしていた。彼らは威国まで商談に来るぐらいには威国語ができる。それでも、条件や値段交渉で言葉の壁に苦労が多いと言っていた。

「そんな……」

二人が同時にしょんぼりする。なんだろう、幼子でもないのに可愛く見えてきた。

「そ、そんな二人に提案です。ここに居る彼を期間限定でお二人の用心棒として貸し出しましょうか」

「……あなたの護衛を……ですか？」

今度は、二人同時に首を傾げた。これは……、もう少し見ていたくなるではないか。

「……わたしは、栄秋から来た商人ですが、元都に着いたものの、お役所の手続きで時間がかかっていて、しばらく元都に足止め状態なのですよ。そのため、護衛である彼が暇を持て余しているわけです。腕は見ていただいた通り確かですよ、いかがでしょう」

「おい、蓮珠。護衛の貸し出しって……」

翔央が蓮珠の襟首を引いて小声で問う。

「申し訳ございません。貴方以上に強い、高大民族の護衛は知らなくて……」

しょんぼりしている二人が可愛く見えて……は言わないでおいた。

「本当に事後承諾が過ぎるだろう」

翔央が肩を落とす。

さすがにこれはよくない、今更に思った蓮珠は二人に条件を出した。

「これも商売の一環ということです。なので、対価はいただきますよ」

そこそこ高くして翔央は断念してもらうことにして、商館で別の用心棒探しを手伝おうと思ったのだが……。

「……では、これで足りますでしょうか？」

差し出されたのは、金環だった。たしかに、大国の皇帝を護衛として使役するのだ。貸し出し料が高額になることは間違っていない。だが、いくら何でも金一環は高すぎる。

まさか贋金《にせがね》では？　過去経験から手の平に置かれた金環をジーッと見つめてしまう。

そこであることに気づき、蓮珠は金環を握りしめた。

「これで十分ですよ。……いい取引ができたお礼に、宿としても使える商館をご紹介いたしましょう。こちらは紹介料を要求したりしませんので、ご安心を」

蓮珠の様子に何事か察して、翔央は何も言わずに、貸し出されることを承知した。

昏倒《こんとう》している者たちを路地裏に残し、蓮珠と翔央は、二人を伴って商館に戻ってきた。

商館に戻ってすぐにやったことは、李洸に頼んで、翔央を用心棒として貸し出しする旨の契約書を作ってもらうことだった。重要な書面だけは紙で残すことになっているので、商館には証書の類を書くための大判の紙が置いてあるのだ。ただし、売り物である。相国水準で考えると、とても高い。その高い紙で証書を作ること自体が、商取引における信用の証になっている。

「いったいなんだってこんなことになったんですか？」

作成した契約書の内容を確認しながら、李洸が嘆く。どれほど混乱していても、皇帝陛下の命に従い定型の文書を作成できる。さすが、相国丞相の地位にいる人である。

「……李洸様、ちょっと契約書を見せてもらってもよろしいですか？」

「貴女《あなた》が貸し主ですからもちろん見ていただきますが、どうして、こうなったのかご説明いただけるんですよね？」

蓮珠は契約書を受け取ると同時に、周囲に見えないよう契約書の下に忍ばせて、李洸の手に用心棒貸し出しの対価として受け取った金一環を乗せた。

「……これは……。蓮珠様？」

金環を手に取り、あらゆる方向から確認した李洸が息を飲む。

李洸が金環を見ている間に蓮珠は契約書の署名を確認した。記載された名が本当なら、双子の兄弟は、万完《ばんかん》と万承《ばんしょう》というらしい。高大民族としては取り立てて珍しい姓ではない。どこから来たのかというところはわからない。

ただ、こちらとしても契約期間は兄弟が元都を出るまでとするよりなかった。さすがに皇帝を長く用心棒にしておくわけにはいかない。また、いくら元都内では、ある程度自由に動くことを許されているとはいえ、相国一団は威国の国賓として扱われる存在であり、国の保護下、且つ監視下にあるからだ。本当の意味で好き勝手はできない。

「彼らがこれを持っていたのですか。……大問題ですね」

「わかります？　わかりますよね？　李洸様ならわかってくださると信じていました」

蓮珠は確認を終えた契約書を戻すふりをして、李洸に何度も頷いて見せた。

「……金環に官製の刻印がありません。まさか、私鋳銭《しちゅうせん》の類ですか」

相国では、国以外が貨幣を鋳造する私鋳銭を全面的に禁止しており、取引には国が発行する貨幣である官銭のみを用いることが律令に定められている。

金環も銅貨と同じく官銭の一種であるため、通常どこの国のものかを示す刻印が入っている。砂金の場合は、砂金を入れた袋に刻印されている。刻印したものだけを取引に使うことで、その流通量を国の管理下に置いているのだ。

「威国の律令での私鋳銭の扱いを確認したほうがいいかもしれませんね。……ただ、少なくとも相国は、華国とも威国とも私鋳銭による取引は許可していません。そこから推察するに、威国も他国に合わせて許してはいないでしょう。幸いここは商館です。凌国から来て威国の人々と取引をする商人も多い。彼らに聞いてみるのがよろしいかと」

蓮珠は頷くと、近くに控えている魏嗣を手招きし、凌国からの商人に私鋳銭取引に関して確認するようにお願いしてから、李洸を振り返る。

「……李洸様、他にも気になっていることがあるんです。東の市場の高級品を取り扱う店が並ぶ場所で、彼らを狙いますか？　いかにもお金を持っていそうな人たちが他にもたくさんいるのに」

蓮珠は少し離れた卓で、並んで座っている万兄弟に視線を向ける。その傍らには、さっそく用心棒らしく翔央が棍杖を手に立っていた。

双葉文庫
創刊40周年
クレヨンしんちゃん×たばぶー
双葉文庫公式キャラクター
©臼井儀人／双葉社
イラスト:臼井儀人&UYスタジオ／くにのいあいこ

万兄弟は、従者を伴っておらず二人だけで元都に来たようだ。その服装や持ち物は庶民の旅姿そのもので、服地も麻だ。旅疲れた様子からも贅沢な旅をしてきたとは思えない。率直に言うなら、お金を持っていそうには見えない。それなのにどうして、あの男たちは、万兄弟を襲ったのだろうか。ただの物取りが、たまたま彼らを狙った……とは、どうしても思えない。

蓮珠が万兄弟を観察していると、張折が声を掛けてきた。

「おー、雇い主の近くを離れないとか……けっこう乗り気じゃねえか、主上。転職斡旋《あっせん》業に向いているんじゃないか、陶蓮」

「これ以上、職業設定を増やさないでくださいよ。……それで、外はどうでした？」

張折には、万兄弟を狙って商館までつけてきた者がいないか確認してもらっていたのだ。

「商館の周囲をちょろちょろしてから離れた者が居た。紅玉に追わせているが、深追いはしないように言っておいた」

「ありがとうございます」

蓮珠は礼を口にすると、すぐに金環の件を張折に話した。

「そりゃあ、厄介だな。……我らが世話焼き皇帝陛下が、用心棒稼業に本気にならないことを祈ろうぜ。深くかかわると、より長く元都に足止めされることになるぞ」

こちらの緊迫感とは裏腹に、あちらでは、出されたお茶を飲んで緩んだ表情になった万兄弟が、さらに茶菓子をつまんでいた。警戒心皆無の二人に、翔央が声を掛ける。

「俺は護衛として雇われたんだ、雇い主の安全のためにはいろいろと提言するとしよう。商売道具を預けることも可能だぞ。買ったものは手元に置いておくより、出発までは預けておく方が安全だ。その契約も入れてもらったほうが良いのではないか」

翔央が周囲への警戒心皆無の万兄弟に話し掛けている。

おそらくだが、翔央はこの双子の兄弟に、自身と叡明を重ねているのだ。だから、彼らが安全に過ごせるように気遣っているのだろう。

「いえ、自分たちは何かを買いに来たわけじゃないんです。この箱をある方のところに届けるために元都まで来たんです。本来は自分たちの邑まで人が取りに来るのですが、今回は人を出せなくなったとかで持って来いと連絡があって」

「……それを届ける？」

思わず卓に駆け寄り、蓮珠は確認した。万兄弟は同時に頷く。この二人、所作のひとつひとつが可愛いのだが、それで聞き流せる内容ではなかった。

「蓮珠様、ものの見事に引いてくれましたね、特大の厄介ごとを」

「……どうしましょう」

李洸の呟きに蓮珠は頭を抱えた。あれだけの官製刻印のない金環を取引でなく、ただ渡すために持ってきたのだという。これは、大問題だ。

大問題はいくつもあるが、まずは、官製である刻印がない金が贋金で、威国が贋金に厳しい法を敷いていた場合、前金としてそれを所有している蓮珠たちも捕まる可能性がある。最悪の場合、問答無用で処刑される。可及的速やかに解決せねばならない。

三人で頭を抱えているところに魏嗣が戻ってきた。

「陶蓮様、戻りました。大国貿易基準に則り、私鋳銭は禁じられているそうです」

張折が渋い顔をして、しばらく考えると、蓮珠の肩に手を置いた。

「……陶蓮、世話焼き用心棒の貸し賃持って、黒公主様に会ってこい。本物か贋金かの確認が必要だが、まずは後ろ盾に話を通しておこう。持っていることで、俺たちがとっ捕まるわけにはいかない。国の威信にかかわる。これは、どう転んでも面倒ごとに巻き込まれる話だ。俺たちに無関係であると先に話しておかないと、あとで身動きが取れなくなる可能性が高い」

張折に言われて蓮珠はすぐに行動を開始する。

「わかりました。魏嗣、急ぎ宮城に戻ります。戻ったらすぐに、黒公主様に謁見の申し出を。……謁見の用件は、黒公主様に書籍を献上することにしてください」

黒公主には今日市場に行くことは伝えてある。黒公主の周囲もそれは知っているので、謁見の理由として不自然ではないはずだ。

「畏まりました」

前駆《ぜんく》として魏嗣を出すと、張折を振り返る。

「張折様。これもご意見を窺いたいのですが、東の市場で威国の方が金環による取引をしていました。物はわかりません。……これは、黒公主様にお話しするべきですか？」

張折は、すごく面倒な者に遭遇した時の表情を見せてから、蓮珠の質問に答えた。

「東の市場ではそれが普通なのかを判断する材料が今はない。……難しいが、現状でお前に見えているものは、黒公主に隠さず話せ。これは本質的に威国の問題だ。俺たちは無関係でいるべきだが、同時に無関係であることを示さねばならない。ここで隠しておいて後から知っていたとバレることのほうが危険なことかどうかで言う言わないを判断しろ。後宮での謁見に俺も丞相も立ち会えない、陶蓮の官吏の勘に任せるぞ」

蓮珠の場合、その『官吏の勘』とやらが、こうもいろいろと厄介ごとを引き寄せている気がしなくもない。

「……はは、『元官吏』のはずなんですけどね」

ちょっとした抵抗にそう言ってみたが、張折には鼻先で笑われた。

「難しく考えることはない。行部で鍛えてやったんだ、面倒ごとには鼻が利くだろう？頼んだぞ。……こっちのことは、任されるから」

張折が視線で万兄弟とその用心棒を示す。

「はい。……では、登城します」

蓮珠は、官吏の頃のように、李洸と張折に拱手《きょうしゅ》した。


蓮珠が部屋に入ると、黒公主のほうから席を立ち、歩み寄ってきた。

「今日は街の市場に出ていたのでしょう？　なにかいい本が手に入ったの？」

蓮珠は正しい礼を取ってから、魏嗣に持たせていた本を受け取る。

「東の市場での掘り出し物です。新たな庭園に加わるのではないかと思うものを手に入れましたので、ぜひ黒公主様にご覧いただきたく」

蓮珠は、本を開いて卓上に置くと、ある部分を指さした。

「ここの部分なのですが……」

蓮珠の手元を見た黒公主が笑いながら、侍女に声を掛ける。

「急かすわね。ちゃんと楽しませてよ。……お茶を運ばせて。陶蓮の分もね」

黒公主の侍女が部屋を出るのを見届け、蓮珠はほっと息を吐いた。

「無礼な方法でのお願いとなり、まことに申し訳ございませんでした」

蓮珠は『人払い』と書かれた部分から手を引っ込めると本を閉じた。

「いいわ。陶蓮らしいやり方ね。今度、蒼妃様とやってみてもいいかも。……それで、本当の手土産はなに？　東の市場の名を出した以上は、そこが無関係ではなさそうね」

黒公主は楽しそうに言うが、頬のあたりに硬さが見える。

「こちらです」

蓮珠は別の本を出して、そっと開いた。そこには、金環が挟まっている。

「……そう。東の市場でこれを。興味深いわね。ほかにもいいものがないか、ワタクシ、人を出して探させようかしら」

黒公主は卓上の本を手に取ると、読みやすいように少し傾けた。その本を支える手の中に、金環がするっと入っていく。

「そういえば、ワタクシも陶蓮に見せたい本があったわ。そちらの掘り出し物は、これで全部？」

「はい。……東の市場は、基本的に高大民族向けの店を出している凌国から商人が多いのですが、一部に威国の方々向けの品を扱っている店が並んでおりまして、そこで。大変な希少品ですが、まだあるのではないかと」

どこで誰が聞いていてもいいように追加の情報を伝えると、黒公主が頷く。

「そう。……わかったわ。黒の第一夫人にも掘り出し物の話をしに行こうと思うの。持ってきてくれた本には、ほかにお勧めの場面ある？」

まだ話はあるかということか。

「そうですね……。ことと、ことと……あと、このあたりとか、いかがでしょう？」

蓮珠は順に『皇帝』『護衛に』『貸し出し』を示した。一瞬の間のあと、黒公主が抑えきれず声を上げた。

「え？　……なぜ、そんなことに？」

「そこは、めぐりあわせの妙というやつでございますよ、黒公主様」

万兄弟につい提案したことで、刻印なしの金環を得ることになったのだ。翔央を引っ込めて金環を返すわけにもいかなくなってしまったことは、そう表現するよりない。

「それが『誰の』なのか議論の余地があると思うわ。……陶蓮、お茶飲んで待っていてくれる？　貴女に見せたい本は、黒の第一夫人に貸し出し中だったわ。回収してくるから」

蓮珠たちがすぐに黒公主に話を通しておこうとしたように、黒公主もすぐに黒の第一夫人に話を通したほうがいいと判断したのだろう。

「お待ちしております」

蓮珠が再び拱手すると、黒公主は近くに控えている魏嗣に早口で言い置く。

「……魏嗣、ワタクシ以外の者を入れないようにね」

「畏まりました」

頭を下げたまま黒公主が部屋を出るのを見送った魏嗣は、顔を上げると蓮珠のほうを見た。

「……どう考えても、陶蓮様のめぐりあわせの問題でしょう」

「そこは言わなくてもいいと思います」

しばらくして黒公主が戻ってきたが、一人ではなかった。

「……黒太子様？」

「黒公主一人では持ちきれないほどの本を陶蓮に見せたがってね。荷物持ちだ」

部屋の中に入ってきた黒太子は、実際本を抱えていた。

黒公主は侍女からお茶を受け取ると、黒太子の分も追加でと言って、侍女を部屋から出した。これを見て少ししてから黒太子と魏嗣が頷き合う。

「人払い完了だ。……陶蓮殿、相も変わらずの引きの強さだな。いっそ、我が国を巡り巡って、不穏なものを全部掘り出してくれないか？」

人払いを終えた黒太子は、遠慮なく思うところを語った。

「ご冗談を。命がいくつあっても足りませんよ」

「陶蓮がそれを言うと、とても冗談では終わらないわ」

黒公主がさらっと言った。こんな同意はうれしくない。

「受け取ったものは、すぐに確認に回した。概要だけは首長にも報告している。これは、我が国の問題だ。むしろ、こちらが陶蓮殿を巻き込んだようなものだろう。相国の方々には重ねて謝らねばなるまいよ。大変申し訳ない」

黒太子が言ったところで魏嗣の声が会話を止めた。

「皆様、どなたかが……」

誰かが来たらしい。

「わかった。……ここからは、こちらで対処する。陶蓮殿は、居所にお戻りになるといい」

黒太子が蓮珠に帰るように促す。本来この問題と無関係の相国人の一人となるべく、蓮珠は商館に戻ることになった。このまま宮城に居ては、どう巻き込まれるかわからないからだ。

「はい。失礼いたします」

蓮珠は魏嗣とともに黒公主の御前を下がった。

恐れ多いことに、宮城の門までは黒太子に送ってもらうことになった。

「それにしても、白鷺宮殿が羨ましいな。俺も市井の用心棒になって、手加減不要で暴れたいものだ。どうやったって立場というのが常に付きまとう……。面倒なことだ」

金環の件にはいっさいふれず、他愛のない話をして廊下を進み、あと少しで城門というところで、黒太子が足を止めた。

「黛公主《だいこうしゅ》。珍しいな」

城門のほうからこちらに向かってくる青味がかった黒の装束は、黒部族の者に近いようでいて、二人が並ぶとちゃんと違うのだとわかる。

「あら、黒太子様。このような場所でお会いするのは珍しいですね」

黒太子に歩み寄ったその女性は、ほかの部族の衣装よりも身体の線に沿った合せ襟の袍服だった。黛色に合う銀糸で蔦《つた》と花を組み合わせた繊細な刺繍が施されている。だが耳に着けているのは大ぶりな金製の耳飾りだった。

「街に出ていたのか？」

黒太子の話し方には、親しみが感じられた。

「いえ、懇意にしている商人が元都に来ておりましたので、城門まで迎えに。装飾品を扱う商人ですのよ」

　よく見ると、黛公主のすぐ後ろに男が立っていた。

「……黒太子様こそ、街へ？」

「いや、俺は城門まで、黒公主の懇意にしている商人を城門まで送るところだ」

　黒太子が蓮珠を振り返る。黛公主は蓮珠をしげしげと見てから、問い掛けてきた。

「黒公主様が懇意に……ね。おまえは、なにを扱っているの？　買って差し上げてよ」

　そこはかとなく黒公主への対抗意識を感じた。

「わたしは、大衆小説の仲介を専門にしております」

　蓮珠はとっさに現状まだ希望でしかない職業を口にしていた。興味を持たれて色々買いたいと言われたらどうしよう、そう思って緊張したが、相手は興味なさそうに一蹴した。

「……あら、つまらないこと。装飾品のように、もっと広く売れるものを扱わないと商人として大成しないわよ。わたくしが興味を持つようなものを扱うようになったら、また会いましょう。では、黒太子様、失礼いたしますね」

　黛公主は、さっさと歩きだす。それに従う黛の商人が蓮珠の顔を見て首を傾げる。

「……はて、どこかで……？」

　どうも蓮珠の顔に見覚えがあるらしい。蓮珠のほうはこの男の顔に記憶がない。市場をうろついていたから、どこかで擦れ違いでもしただろうか。

ちょっとお互いを見合う状態になったところを、黒太子が間に入ってくれた。

「商人同士、街中ですれ違っていることもあるのではないか？」

「これは失礼いたしました」

黒太子に直接話し掛けられたことに驚いた黛部族の商人は、慌てて挨拶すると黛公主を追った。

「ありがとうございます、黒太子様」

「こちらこそ謝らねばならない。……これで滞在中は商人だ」

黒太子が『商人』として紹介しておいて実は違っていたとなると、罪を問われるのは蓮珠のほうになる。自国の太子に偽証の罪を問うことはないからだ。

「元官吏で、元皇后付き女官、且つ元身代わりで、いまは無職……というこの上なく怪しい肩書より名乗りようがあるので、ありがたいです」

蓮珠は感謝の言葉を重ねた。だが、黒太子は少し眉を寄せる。

「……翔央殿の隣にいることは肩書にならないのか？」

それを問われるとは思わなかった。それこそ、肩書のない関係だ。

「相に帰ったら、最高の官吏と最強の武官の肩書を手に入れる予定です」

「……そうか、翔央殿はまだ……。いや、陶蓮殿には、兄妹どころか父親まで世話になった身だ。威国の者は恩義を忘れない。なにかあった時には、必ずやお助けしよう」

黒太子のその申し出に、蓮珠はつい笑ってしまった。

「……親子で同じことをおっしゃるんですね」

キョトンとした黒太子が、意味を理解して破顔する。

「それだけ我が部族が、陶蓮殿に恩義があるということだ。……この大恩を返したいと、俺たちは心から思っているが、陶蓮殿からするとそんな事態に陥る日が来ないほうがいいのだろうがね」

黒熊の耳にでも入ったら、大いに心配させてしまうだろうから、とても言えないが、この一年半ほど、蓮珠は常に黒太子が言うところの『そんな事態』に陥ってばかりだった。

「……そうですね。そんな事態が来ないことを祈ります」

蓮珠は微笑んでそう返すと、宮城の門を出ようとした。その蓮珠の肩に、手が置かれる。肩に視線を向ければ大きく分厚い手があった。力を掛けられているわけでもないのに、蓮珠の足がその場に留められる。

「……小蓮。『そんな事態』になど、俺がさせない」

幼い頃には、蓮珠の頭を撫でてくれた威首長の手だった。

第五章

千荊万棘

〔せんけいばんきょく〕

宮城の一角、威国側の者と来訪者が顔を合わせる小部屋がある。首長の謁見とは異なり、宮城勤めの者が遠方から来た家族や友人と会うために使われる部屋だった。

「……それで、いったい何があったら、貴女がそちら側に座り、我々がこちら側に座っているという事態が発生するのでしょうか？」

来訪者側の席に座る李洸が、宮城勤め側の席に座り小さくなっている蓮珠に問う。

「……わたしもどうしてこうなったのか知りたいです」

「主上といい、陶蓮といい。……俺ばかりか、丞相まで総白髪になるぞ」

張折が呆れると、蓮珠は顔を上げた。

「主上に何か？」

「用心棒仕事で、あの二人と一緒に商館を出たまま戻ってない」

「そんな……」

思わず椅子から腰を浮かすが、張折に止められる。

「俺たちからすれば、おまえも宮城に入ったまま戻って来てない状態だったんだからな」

椅子に座りなおして、そのまま頭を下げた。

「……はい。すみません……って、わたしが謝ることなのでしょうか？」

「ああ、うん。それも違うな。主上は自分で出て行ったが、陶蓮は足止めを食らったんだもんな」

一応どういうことになっているかを話したこともあり、張折は説教の姿勢だったところを、哀れみの目に変える。

「例の件は、黒公主様のほうで動いてくださいます。我々は無関係であることを示すためにも、威国側の指示に抗うべきではないと判断したのですが……」

張折に言われた、官吏の勘による判断だったが、やはり厄介ごとを増やしただけだったのだろうか。やや絶望気味の声だったからか、張折がやんわりと宥める。

「うちが無関係だと言い張れるかどうかは、主上次第だな。なにかお考えがあって動いていらっしゃる……と信じて、こちらも場を整えておくよりない」

そこで区切った張折は、とてつもなく悪い笑みを浮かべて宣言した。

「そんなわけで、明日から俺たちもそっち側に座ることになる」

言われたことが頭に入って来るまでに、ちょっと間があいた。

「……お二人が宮城勤めですか？」

ようやく聞き返した蓮珠に、新皇帝の側近二人が副業を宣言した。

「俺は、黒太子様と黒公主様から兵法の講師として呼ばれた」

「小官は、このたび翻訳家の副業を開始することになりました」

張折はともかく、李洸の副業開始は、どういうことだろうか。首を傾げた蓮珠に、李洸が糸目をさらに細めた。

「元都までの旅程と元都に来てから十日もあったのですから、当然ながら威国語は習得済です。そこで、大衆小説の翻訳家『喜鵲』の名を継ぐことにしました」

この半月で日常会話だけでなく小説の翻訳ができるまでの威国語を習得……。さすが、叡明に次ぐ相国最高位の頭脳を持つ者だ。しかも、叡明の翻訳家としての号まで継ぐとは。

「……それで、雇い主は黒公主様？　もしくは、蒼妃様ですか？」

「いいえ。黒正妃様に雇っていただきました」

丞相の副業の雇い主ともなると、この国の女性最高位が出てくるようだ。

「あー、……お二人とも、もしかしなくても、首長……いえ、黒熊おじさんが、わたしを宮城に足止めしたこと、怒っています？」

二人は同時に物騒な笑みを浮かべた。今日は対面で良かった。その表情は、蓮珠の後ろに控える紅玉と魏嗣にしか見られていない。

「場所が場所だ、回答は差し控える……ってことで察しろ。むしろ、よく陶蓮がおとなしくしているものだと思っているぜ。理不尽に軟禁とか、本来ならとっくに逃げ出しているだろうが」

張折の煽《あお》りに、蓮珠はすぐに反論する。

「わたしを何だと思っているんですか。そんな無茶しませんよ」

対面の二人どころか、後ろに立つ二人まで「はい？」という声が聞こえたので、少し反省する。たしかにこれが華王あたりに仕掛けられたとかいう話なら、おそらくどんな無茶をしてでも脱出を試みる。ここでそれをしないのは、ここが威国だから危険度が段違いという以上に、相手が黒熊だからというのが大きい。

その違いをどう伝えるかを考え、蓮珠は記憶から掘り出した言葉を口にした。

「これで伝わるといいんですが……。黒熊おじさんは、野生の勘だけで計略が掛けられる人なので、おじさんがこうした以上は、たぶんこれでどうにかなっちゃうんですよ」

黒熊が宮城に蓮珠を留め置くと判断したなら、おそらくそれは正しい結果にたどり着くために必要なことなのだ。

「なんだ、その『野生の勘だけで計略が掛けられる』って。軍師要らねえぞ、それ」

伝わる伝わらない以前に、元軍師としては、そこが気になるらしい。

「黒熊おじさんと一緒に、よくうちに来ていた白猫さんが言っていたんです。なんでそんなことするんだってことでも、黒熊おじさんの場合、後々になって、だからこうしたのかってなるんだけど、本人もそうなると思ってやってないから、どう扱っていいか悩まされるって」

蓮珠が白猫の言葉を思い出しながら言うと、李洸が半ば呆れた顔をする。

「熊だけじゃなく、猫も居たんですか？　すごい組み合わせですね」

熊と猫と聞くとそう思うだろうが、蓮珠からしたらあの二人は、一緒にいることがとても自然に見える組み合わせだった。

「……張折様？」

もっともこの組み合わせに何か言ってきそうな張折が、沈黙していた。

「……先帝陛下だ」

やがて小さく呟いた言葉に、場の全員が張折の言葉を聞き取ろうと耳を寄せた。

「その『白猫』ってのは、たぶん、先帝陛下だ」

全員が耳を寄せているのを見て、張折は小声で続けた。

「ここだけの話、俺が『逃げの張折』になったのは、先帝陛下の命令によるところだったんだよ。ほかが何を言おうと、威国との軍事衝突はできる限り避けろ、と。そうか、当時から国主同士では戦いを終わらせるための話し合いをしていたのか」

長い時を経て得た納得に、張折がため息をついた。

「先帝陛下が白猫さんだという根拠はあるんですか？」

さすがにそれは受け入れがたく、蓮珠は机越しに元上司に詰め寄った。

「先帝陛下の口癖だった。『自分は白虎の加護を受ける格じゃない。せいぜい白猫だ』。なんていうか、自己評価の低いところは親子でそっくりだな、主上と」

そんなところが翔央と似ているのか、というのは、たしかに発見だが、蓮珠としては、ほかがあまりにも気になるので、白猫の記憶を必死に掘り起こす。

「いやいや、待ってください！　わたし、白猫さんとも話していましたよ。顔だって見たことあるんです。……そう、ふわんふわんの癖のある長い前髪が顔にかかっていました。それを黒熊さんと二人で頭ぽんぽんして、猫みたいだから白猫って名前に……」

「蓮珠様、先帝陛下の前髪には癖がありますよ。普段は植物の油かなんかで整えていらっしゃいましたけれど」

李洸が鋭く指摘した。もう確定と言わんばかりに。

「髪型が違うと顔の印象ってのは大きく変わるものだからな。相手が皇族じゃあ、尊顔をじーっと見ることもないから、気づかなかったんだろう。先帝は先帝で、戦争の続く中、その裏で年単位の和平交渉していたあげくに……なんて、軽々に口にできる過去じゃねえしな。陶蓮が気づかないからって、自分から言えないな、俺なら」

どうあっても、あの白猫は先帝だったという話になりそうだ。蓮珠は瞬間血の気が引いた。白猫が本当に先帝陛下だとしたら、あの当時は今上の帝であったはずで、その皇帝の頭をわしゃわしゃしていたという……。

「ふ、不敬罪で捕まるんじゃ……」

「何年前の話だよ。当時は身分を隠していただろうし、特に咎められもしなかったんだろうから、問題ねえだろ。落ち着けよ」

蓮珠を宥めた張折が、改めて自身の中で理解した当時の状況を語る。

「威首長と先帝陛下、白渓で会っては和平に向けた話し合いを内々に進めていたんだろうな。だが、その白渓がああいうことになって、秘密裏に会う場所を失い、結果として停戦が大幅に遅れたのか」

歴史学者の肩書も持っていた叡明の師であった張折だけに、歴史の裏側で起きていた出来事の考察に夢中になる。

だが、蓮珠は、故郷焼失がこの国の歴史に大きくかかわっていたことを知り、言葉が出てこなかった。以前、白渓が襲撃された理由は、戦争を長引かせるために主戦派だった太皇太后派が、威国との国境に近い邑ならばどこでもよかった中で、不運にも選ばれた邑だったと聞いた。

しかし、張折の話が本当ならば、白渓には主戦派に狙われる理由があったことになる。

ほかのたくさんある山間の邑とは明らかに違う点があったのだから。

「……わたしが、黒熊さんを……」

「陶蓮、やめておけ。おまえは、人として正しいことをした。幼いながらも人助けのできる優しい子だった。それでいいんだ。……悪いのは、常に狙った側であって、狙われた側じゃない」

思考を中断した張折が、机越しに蓮珠の手を取り、ぎゅっと握った。思考に落ちていく蓮珠の意識を引き上げるためだ。

「は、はい……。あ……」

蓮珠は張折の声で思考を中断させる刹那、あることに気づく。

「そうか。黒熊おじさんは、白猫さんを亡くしたんだ。だから……」

白猫は、黒熊にとって、たんなる旅の仲間ではなかったのだ。若い頃には互いに戦場を生き抜くことを誓った戦友であった。やがて国を背負い、その未来を憂い、和平の道を一緒に模索した。常に同じ重みを抱えたかけがえのない友だった。

威首長の強い想いの根底にあるものに改めて納得し、蓮珠は決めた。

「やはり、わたしはまだしばらく宮城に留まることにします。……白猫さんがいなくなった今となっては、あの頃のことを語る相手は、黒熊おじさんにとってもわたしにとっても、もうお互いだけしかいないから」

これ以上、過去を知る人を失いたくない。そう思ったことが蓮珠にもあった。

焼け落ちる故郷から逃げ、幸運にも栄秋にたどり着いた蓮珠は、幼い翠玉の手を握りしめて離すことができなかった。翠玉を連れて行かなければならない場所があることを知っていて、それを選べなかった。失いたくなかった。

きっとそれは、十二歳の子どもであろうと、大人の黒熊であろうと変わらないだろう。過去を忘れることもふり払うこともできない、どこまでも弱い自分を、相手はすでに知っている。だから、子どもの顔に戻るし、情に厚い旅の商人の顔に戻る。そんな相手は、もうこの広い大陸にお互いだけしかいない。だからこそ、留めたいし、留まりたい。

張折は長いため息のあと、大きく頷いた。

「わかった。……じゃあ、最後に陶蓮に忠告だ。俺たちの顔と本来の肩書が一致しているのは、歓迎の宴に来ていた黒部族に近しい部族の族長、太子、太子妃たちだけだ。十八部族の約半数は、俺たちが何者であるかを知らない。だから、徹底して商人であることを貫け。政の話はわからないふりをしろ、下手に探ろうとするな。魏嗣と紅玉に大人しく守られていろ。いいな？」

「大丈夫です、張折様。……周囲を偽るのには慣れておりますから」

蓮珠の返事を受けた張折が、ほかの面々を見てから、軍師らしく作戦の目標を告げた。

「じゃあ、それぞれに決めた肩書で、威国の中枢、宮城の深部に紛れ込むとしよう。俺たちの目標は、いまこの国で起きつつある面倒ごとを回避し、足踏みばかりしている皇帝陛下の背中を蹴飛ばして、速やかに凌国に向けて出発することだ。全員がそのことを忘れるなよ」

足踏みばかりしている、その言葉で、黒太子の言いかけた言葉を思い出す。最高の官吏と最強の武官を目指すことにしたと言った時、黒太子は『翔央殿はまだ……』と。あれは、翔央がいまだ帝位を受け入れられていないことを感じ取っていたのだろう。

とても難しい。彼は禅譲によってすぐに手放すことが決まっている帝位に対して、真っすぐに向き合うことを求められているのだから。


商人に朝議はなかった。一度寝たらなかなか起きない、頭の上で銅鑼《どら》を鳴らされてようやく起きる寝汚《いぎたな》さで知られる蓮珠は、起きるべき時間が定められていなかったのに、夜明け近くに目が覚めた。

「翠玉が驚愕するわ……」

自分で自分に呆れつつ、寝台で身を起こすと、近くに置かれていた長椅子で影が動いた。

「いっ……！」

叫ぶ前に、小さな影が寝台に音もなく上がってきた。

未明の月明かりに白っぽい灰色の毛並みに濃い灰色の縞模様の入った猫が浮かび上がる。

その首には革製の首輪をしていた。

「白虎……？」

相国の聖獣の名を冠した小さな猫は、皇帝の通信使だった。白豹が元都に来ているように、白虎もまた元都についてきていたようだ。あの混乱状態をどうやって、とは思うも、皇室の暗部は問わないでおくことにした。

「……また、黒公主様に誤解されますよ」

蓮珠は、暗闇に幽《かす》かに形が見える長椅子に座る人影に声を掛けた。

「そこは、すでにハル殿を通じて話を通している。黒部族側は黙認してくれる。だが、後宮のほかの部族の夫人やその侍女に見られるとマズい」

小声であってもはっきりと聞こえる通りの良い声。やはり、翔央だった。

万兄弟は商館だろうか。元都の外からの商人が寝泊まりする場所なので、かなり守りが強固にできているという話なので、大丈夫だとは思うが、用心棒としてはよろしくないのではないだろうか。貸し出した側として、そんなことを思ってしまう。

「危険を承知で忍び込むなんて、用心棒なのに用心が足りないのでは？」

「まあ、思うところあってのことだ。周辺警戒はしている」

後宮には、威国十八部族から首長の妃である夫人になった女性の内、五人が暮らしている。そのうち三人は、黒部族から夫人になった女性だが、残り二人は別の部族からの夫人で、黛夫人と檀夫人だった。それぞれの出身部族は、黒部族との間に溝がある。

黛部族は、かつて太子が居たそうだが、約三年前に亡くなっている。黒公主の話では、黛太子は、白公主の相国輿入れ時に、あろうことか白公主を襲撃し、返り討ちにあったそうだ。そのため、太子不在となった黛部族は二人目の黛夫人を後宮に送り込んだという話だ。

例の、城門で遭遇した黛公主は、一人目の黛夫人の生んだ公主で、亡くなった黛太子も一人目の黛夫人が生んだ男児だった。

「その思うところに、ご自身のお立場は考慮されておりますか？」

皇帝であることの自覚はあるのかを問えば、長椅子の影が月明かりの下に姿を現す。

「手厳しいな。……だが、この問題の解決なしに、出国の許可は下りないだろう。俺は、必ずおまえと一緒に凌国へ向かう」

「そのためにも、今回の件と相国が無関係であることを示すべきなのでは？」

用心棒であることから手を引き、徹底して無関係であるべきだ。蓮珠の提案に翔央は首を横に振った。

「それでは足りないと思っている。無関係であることを示すだけでは、威首長は蓮珠が城の外に出ることを許さないだろう」

「なぜですか？」

黒太子は金環の件は、あくまで国内の問題だと言っていた。本当に無関係であると示されれば、威首長もさすがに凌国に向かうことは許してくれると思う。なぜなら、そのほうが威国内に留まるよりも安全だから。

「……わからない。でも、俺も今の状態の威国で、おまえを宮城の外に出したくない感じがしている。元都の街の、何かが不穏だ。元都に来た時に、張折が妙な視線を感じる話をしていたのを憶えているか？」

言われて思い出す。李洸や自分ではわからない、視線を感じている話をしていた。

「はい。たしか、肌にピリピリくる、とおっしゃっていました」

翔央は頷くと寝台の端に腰を下ろして、商館を出た後の話をしてくれた。

「商館を出て、万兄弟と一緒に、彼らの持ってきた荷を渡す相手を探していた。用心棒という意識でいるせいか、それまで気づかなかった街の空気に気づくことができてな。張折の言うように、肌にピリピリきた。……たぶん、威首長も感じているから、自ら市場に出向いてその原因を探していたのではないかな」

再会したあの日、威首長がどうして東の市場に来ていたのか、その理由を蓮珠は聞かされていないので、翔央の予想に納得した。

あの再会の後に威首長は市場に見張りを立てることを決めた。蓮珠たちにくれた早く滞在先に戻れという忠告が、見張りを立てることだったのはわかっていたが、その前提である、あの日の市場でなにを見たことをきっかけに見張りを立てることにしたのかがわからなかったが、何かを見たのではなく空気感の問題だったようだ。これが白猫の言っていた『野生の勘だけで計略が掛けられる』ということなのだろう。

「見張りを立てても、まだ、肌にピリピリくるんですね」

つまり、問題はいまだ継続中ということだ。

「威首長は、本気でお前を危険から遠ざけようとしているのがわかる。だから、宮城に居る限りにおいてお前は無事のはずだ」

自分を安心させるための言葉なのに、蓮珠は翔央の言い方に引っ掛かりを感じた。

「なんか、不安になる言い方ですね」

翔央は素直に認めて小さく唸った。

「そこが『思うところ』なんだ。……万兄弟が持っているあの荷は、これまでは、荷の受け取り相手側が集落まで取りに来ていたそうだ。まあ、どちらかというと奪いに来ていたという感じらしいが……。とにかく、受け取る側にとって、集落から持ってこさせるほどに大事なもののはずだ。今回に限ってそれを集落に取りに行けなかった理由を考えてみた時、長く元都を出られない事態が発生したから……と考えると、街そのものよりも長く門を閉ざしていた宮城が怪しい」

たしかに。黒公主さえも宮城から出てこられなかったのだから、相手が動けなかった理由が宮城の閉門にあるというのは、考えられない話ではない。というか、そもそもこの話は最初から怪しいのだ。

「翔央様。李洸様とも話していたことなのですが、最初のあの襲撃自体が怪しくないですか？　ごく普通の物取りが、富裕層が多いあの場所で、わざわざ旅疲れた様子の彼らから金品奪おうと思います？」

蓮珠の疑問に、翔央はすぐには同意を示してくれなかった。

「んー、どうだろう？　富裕層といえども、相手は民すべてが戦士の威国の民だ。弱そうな高大民族の上に、旅疲れた様子から宿にも寄っていないことがうかがえるわけだ。ならば全財産を持って移動中だろうから狙った……としても不思議はない」

「襲撃者の考え方ですか。……襲う側も威国の人たちなのに、弱そうな相手を狙いますかね。この国の人たちは基本的に、強そうな人に挑んでこそ、とか考えていそうですけど」

蓮珠が威国人の思考を指摘すると、今度はすぐに同意を返された。

「……なるほど。そこは長く威国の者に接してきた蓮珠だからこそわかる感覚だな。だが、最初からあの二人を狙っていたとしたら、よりいっそうおかしいことがある。まず、襲撃者は万兄弟を最初から狙っていたならば、彼らが何を持っているのかもあらかじめ知っていたことになるだろう。だが、彼らは元都に着いたばかり、宿屋にも寄っていないし、豪遊していたわけでもない。そうなると、知っていたのは、そもそも持って来いと命じた側なのではないか、という話にならないか？　しかし、持ってこいを命じた側ならば、わざわざ襲撃する必要などなかったはずだ。なのに、なぜ襲撃したんだ？」

受け取るはずだった側が、わざわざ襲撃した理由が見えない。

「受け取る側が顔を見られたくなかった、というのは？」

「それなら場所を指定して置かせて回収すればいい。あるいは、単純に人を雇って取りに行かせてもいいな」

一蹴されたので、蓮珠はもう一度最初から考えを組み立てていこうとする。

「えーっと、襲撃者は万兄弟を狙っていたはずで、それは持ち物を知っていたからとしかなぜ襲った。そんなことをしなければ、あの金環が入った箱は、とっくに受け取り手側の手元にあるはずだったのに。

「……待ってください。そもそもなぜ、今回は回収に行かず、届けさせたのでしょうか？」

「だから、それが『長く門を閉ざしていた宮城が怪しい』ということに繋がって……」

翔央の言葉を、蓮珠はそこまでで遮った。

「翔央様。先帝陛下の崩御からはすでに半月ほど経っていますが、宮城の門が閉まったのは、先帝陛下の崩御の報せが宮城に届いてからです。さらに、宮城の門が長く締まることになったから届けろ、という連絡があの兄弟の元に届くまでの時間もあります。その上で、彼らが元都に到着するまでの時間があるんです。……あの兄弟はおそらく歩きのみで元都まで来たと思われるので、我々が元都に着くまでにかかった時間よりもっと時間がかかったはずです。それらを考慮すると、彼ら兄弟はやはり凌や相から来たのではなく、もっと元都に近い距離にあるどこかから来た……でないとおかしいです」

「元都に近く、高大民族がいる場所……坎《かん》集落か？」

坎集落は、大陸中央から見て北に位置する集落で、威国からすると南にある。明賢が残った藍玉《らんぎょく》の居る乾集落と同じく高大帝国末期に帝都から逃げた人々が作った集落である。

黒公主は、北の集落だからと黒を集落の色に掲げていて、威国の国色と同じで喧嘩を売られている気がすると言っていた。また、威国が大陸中央に打って出るにあたっての障壁でもあるという話も聞いている。冬来が白公主であった頃に龍義たちの拠点を叩いたのは、集落を避けて南下する経路で、少数精鋭の小隊でしか進めない難所を越えていったということだった。

だが、集落単体に威国とぶつかる力があるとは思えない。だとすると、いつまでかはわからないが、坎集落の後ろにはまだ勢力が大きく力を持っていた頃の龍氏がいたのではないだろうか。では、龍氏の後ろ盾を失っただろういまの坎集落を支配しているのは、どこだ？　普通に考えれば威国だが……。

「これは、最も関わってはいけない面倒なことが、この国で起きているのかもしれません。翔央様、万兄弟が坎集落から来たのかをお確かめください。わたしは……威国中枢が、坎集落から算出される金の存在を知っているかを確認します」

蓮珠が示した行動指針に、翔央が問う。

「関わってはいけない面倒なこと、ではないのか？」

「……だって、黒公主様がいて、蒼妃様がいて、榴花様と朱景殿も居て、なにより黒熊おじさんがいる国です。平和であってほしいじゃないですか」

翔央の前だったが、蓮珠は個人的な希望を口にした。そのあとで、ついでのように官吏としての思考を語る。

「それに、わたしは最強の官吏を目指すので隣国の安寧も大事なんです」

翔央が静かな笑みを浮かべて寝台から腰を上げる。

「おまえらしい。……ならば、俺もいつもどおり蓮珠を支えるとしよう。白虎を置いていくから連絡に使ってやってくれ。商館には秋徳を残してあるから受領に問題はない」

そう言って去って行こうとする翔央の袍の裾を思わず引いてしまう。

「もう、いくんですか？」

振り向いた彼に、そう尋ねてから恥ずかしくなって手を放して、俯いた。

「あまり長居すると、別方向から叱られるからな。……お前のところに夜這いに来ると、たいていは色気のない話で終わるな」

膝上に居た白虎が、何かを察して寝台を降りると、長椅子のほうへ歩いていく。

それを見送って笑ったまま、翔央が寝台に手を置いて、少し身を屈める。

「たまには、色気のある終わりもいいな」

蓮珠の唇に、そっと触れるだけの口づけをして翔央が離れた。

「夜明けまでまだ時間がある。おやすみ、蓮珠」

心地よい低い声を残して、翔央が部屋を出て行った。

翔央の残した口づけの感触に浮かされて二度寝し損ねた蓮珠は、やや寝不足の頭を抱えて、多層階から成る宮城の中層にある、裏庭が見下ろせる露台に来ていた。

本日、臨時兵法講師の張折による陣形演習を、黒公主が見学しに来ており、蓮珠は持参した本をその場に持ってくるように言われてここへ来た……ということになっている。

露台には、椅子に座る黒公主とその傍らに張折、その後ろに控えている蓮珠がいるだけだ。魏嗣は露台の出入り口の横に立ち、警護を務めている。

遠目には、張折が黒公主に陣形について説明しているように見えるだろう。その実、先ほどから主に話しているのは蓮珠だった。

私鋳の金環を元都に運ばされた万兄弟を襲撃した者たちは、彼らが何を運んでいるのか知っていたのではないか、という話だ。ただ、自分たちの手元に届くことになっていたものを、なぜ襲撃して奪おうとしたのかがわからない。

「そりゃ、二倍取りが目的じゃないのか？」

話を聞き終えた張折が、さらっと言った。

「二倍取り……ってなんですか？」

初めて聞く言葉に蓮珠が尋ねると、張折が演習の動きを解説するための盤上の駒を手に取り、黒公主にも見やすい形で説明してくれた。

「ある品物の納品を依頼し、襲撃して奪う。一方で、納品されていないことを盾に取り、再度納品させる。一回分の契約料で二倍の品物が手に入る」

黒公主が顔をしかめた。

「えげつない上に回りくどいやり方ね」

張折は盤上の駒を並べ直すと、叡明に歴史を教えた師らしく、歴史の話を始めた。

「帝国が崩壊してすぐのころの戦争で、戦利品のやり取りでの際に使われた戦法のひとつですね。武器や馬、金や銀などが多かったようです。まあ、バレるとまた戦争になるようなよくない手なので、いまじゃあくどい商人しかやらない手ですよ」

臨時歴史講義の内容に黒公主が呆れ顔をする。

「帝国崩壊って、百五十年も前の話じゃない。まだそんなことをする連中が……、いえ、今回それをやられた話をしているんだったわ」

そんなことをする連中がまだいるという話らしい。

「物が金なら、やる価値はあるでしょうな」

張折がいうように、物が物だ。あの量の金環の二倍取りに成功したら、とんでもないことになる。小国の国家予算は軽く超えるだろうから。

「……坎集落から金を搾取《さくしゅ》している上に、倍取ろうとか、横暴すぎませんか？」

蓮珠は、ますます許しがたい思いに駆られる。

「んー、いまの話を聞いただけだから、本当のところはわからないが、これはあの兄弟から金環を受け取るやつが商人で、その商人は本来、別の誰かに回収した金環を渡す役割なのかもしれない。右から左へ目の前を移動するだけの金環を、自分のところで二倍にして、回収を依頼した相手には、契約通りの量の金環を渡せばいい。これで大儲けだ」

蓮珠は無言で眉を寄せた。自称商人ではあるが、同じ商人として許しがたい。坎集落にも、依頼人にも不誠実な行為ではないか。

「なるほど、そういうこと。どこから切り崩すか難しいわね。その兄弟を捕まえても、依頼人も仲介人も捕まらないだろうし……」

黒公主が演習を見ているふりをして、どう切り崩すかを考え始める。

「それもあるから、うちの主上もガキどもに引っ付いているんだろう」

張折が蓮珠に言うのを黒公主が聞きとがめる。

「それも……って、ほかになにかあるの？」

蓮珠は少し迷ってから、おそらく翔央にとって万兄弟に肩入れする最初の理由だったことを口にした。

「万兄弟は双子なんです」

黒公主は考えごとをしながら手の中に転がしていた駒を盤上に落とす。

「あっ、そういうこと。……ならば、その兄弟のことは相皇帝陛下にお任せするわ。我が国には、いえ、我が国……というより、この宮城には『兄弟愛』を理解する者はいないから、いざとなったら、容易く万兄弟を切り捨てるし、引き離すでしょうから」

納得と同時に、翔央に丸投げを決めた。ただ、理由があまりに威国的なので、張折も蓮珠も致し方がないと思わざるを得ない。

「だって、現状だけ考えると、その兄弟が金の不正持ち込みの罪で処刑されて終了じゃない？ 宮城のどこかにいる『依頼人』もそれに繋がる『商人』も、その兄弟の処刑で逃げ切れると、嬉々として処刑に賛同するでしょうよ」

黒公主の予測はもっともだ。万兄弟が捕まったら捕まったで、依頼人と商人は無関係を貫き、ほとぼりが冷めた頃に坎集落に赴き、二度目の納品をさせるだけだ。

「万兄弟の処刑を避けるためには、金の不正持ち込みの件が解決しないと難しいですか？」

蓮珠としても万兄弟を助けたい。彼らは被害者だ。白渓の話と同じ理屈だと思うのだ。奪っていくほうが悪い、と。

　だが、黒公主の提示する現実は厳しいものだった。

「そうなるわね。でも、たとえ『依頼人』と『商人』を捕まえたとしても、威国内に金を不正に持ち込んだという罪で処分しなければならないことには変わらないわ。強制されたと言っても、無理やり連れてこられたわけじゃなく、自分の足で元都に来たわけだから。金の不正持ち込みは、この国では結構重い罪になるのよ。強制した側を捕まえても、ギリギリ処刑を免れる程度、相でいう五刑のうち、流刑が認められているのは部族でも身分の高いものだけだから、他国の庶民は徒刑になるけど……威国で徒刑にあたるのは、囚人兵として戦場の前線に出すことになる。威国の民なら戦い慣れているから刑期中を生き残ることも可能でしょう。でも、他国の庶民にとっては、実質処刑と変わらないわ」

　それでは、処刑を免れても意味がない。蓮珠は俯き、こぶしを握った。その手に触れた黒公主が、蓮珠の心情に同意を示してくれた。

「宮城にいるかもしれない『依頼人』は、当然金の不正持ち込みが重罪であることを知っている。もしかすると、『依頼人』と『商人』がグルで襲わせている可能性もあるわ。盗られた側が金の持ち込みの罪に問われることを恐れて、役人に金環を奪われたと訴えられないだろうと思って……。頭に来るわね、そんなの一方的な搾取でしかないわ」

　しばらく聞きに徹していた張折が、無精ひげを撫でる。

「そうなるとやっかいですな。『依頼人』と『商人』が強固につながっていると、切り崩しが難しい」

「そうね。『商人』まで捕まえても、『依頼人』まで捕まえるのは難しいかもしれない。そうなると、『依頼人』は兄弟を絶対に逃がさないでしょう。……最悪、兄弟が集落に戻ったのを見計らって、集落ごと潰され……」

蓮珠の手がびくんっと跳ねた。触れていた黒公主は、慌てて前言を撤回した。

「悪かったわ、陶蓮。いまのは配慮が足りなかったわ」

無意識のことで、蓮珠も慌てて謝罪する。

「……大丈夫です。お心遣いありがとうございます。……それに、兄弟を助けたい気持ちに気合が入りました」

椅子に座りなおした黒公主が、大きなため息をついてから、近くに立っていた蓮珠を見上げる。

「陶蓮に言うだけ無駄とわかっているけど、無茶なことはしないでね。首長がそうであるように、ワタクシだって友を喪いたくはないのだから」

「重ねてお礼申し上げます。黒公主様のご期待に沿えるよう頑張ります！」

笑って宣言すると、黒公主は話を張折に振った。

「まったくわかってないじゃない。……ちょっと、軍師殿。貴方が軍師としてどうにかしてちょうだいよ」

　今度は張折がため息をつく番だった。

「上の方々は、俺にばかり無茶をおっしゃる。……まあ、いくつかの策は考えておりましたが、威国の金流通管理に関する刑罰の重さまでは存じませんでした。これは策の練り直しが必要ですね。あと、うちの主上がどっぷり兄弟に関わっているので、それをどう処分対象から外すかも大問題です。大陸史上、何人かいるには居るんですよ、流刑皇帝。即位早々にそこに名を連ねられてもね」

「まあまあ不名誉ね。禅譲前提だから挽回の余地もないし。……でも、無茶を乗り越えるのが、白鷺宮様と陶蓮だわ。そうね、ワタクシ、陶蓮のいうとおり期待しているのかも」

　苦笑いを浮かべた黒公主は、続けて張折に尋ねた。

「それにしても、兵法の書には、商人の計略まで書かれているものなの？」

「いや、これは商家を実家に持つ部下から聞いた話でして。その部下の実家は運輸業を営んでいるんですが、荷を運ぶ依頼を出した商人と荷を受け取る側の商人が結託していて、かなり危うい目に遭ったということで対策の相談を受けました。三者を並べると、今回のように上の二つでなく真ん中が被害者なので、狙いは賠償金ですね」

あくどい商人は、相国にもいたということか。

「それで軍師殿は、どのような策を？」

「契約書に、それぞれから一名以上を同行させ、運んでいる物の受け取り、引き渡しは二者間で行なわせることを加えさせました。また、人を出せない場合には、割増料金を出して小隊を護衛につけることもね。両者がグルでも、どちらかが企んだ場合でも、楽して儲けが出ないから仕掛けてこなくなる。予防策ですね。だから、今回の件では、すでにこの手は使えないし、万兄弟の金を持ち込んだ罪も回避できない。やはり策の練り直しが必要でしょうな」

過去の策は、今回使えないことを強調した張折に、黒公主が蓮珠のほうを見た。

「我々に……というより、威国にできるのは、威国の刑罰に則った処罰だけよ。その兄弟を助ける方法は、あなたたちに任せるよりないわ。相国新皇帝陛下のご手腕にも期待ね。……その代わり、『依頼人』と『商人』は黒部族が全力で潰す」

黒公主の目は鋭い光を帯び、本気で踏み潰そうとしているのが伝わってきた。

演習見学の場で密談した日の夕刻、色々と調べ物をお願いしていた紅玉が戻ってきた。

「坎集落について調べた結果が届きました。蓮珠様のお考えのように、坎集落のかつての後ろ盾は、龍氏であり、近年は龍義側の資金源だったようです。採掘した金を金環に加工するための施設や技術は、龍義側で提供したもののことでした。意外と手厚いのは、それだけ重要な資金源だったからですね。……龍義側は坎集落から回収した金環で、華国の武器商人から大量の武器を手に入れていた。これが、龍氏の大陸中央での勢力拡大と華国との太い繋がりの裏側という話でした」

またも歴史の暗部を見た気にさせられる。

「どうやって、そんなところまで？」

蓮珠が問いかけると、紅玉はにっこりと笑顔を作る。

「集落は横のつながりが多少あるので、乾集落にも話を聞きに行かせておりましたところ、龍義側で行なわれた官吏徴収により、彼らの懐事情を知っている者が乾集落に戻ってきていたので。……最後に現状に関してですが、龍義側が大陸中央を撤退したことで、そこに『威国』が入ってきたようです」

報告を聞いていた蓮珠と魏嗣で顔を見合わせた。

「威国が？　でも、黒公主様……というより黒部族は、坎集落からの金が出ること自体を知らなかったようですが？」

紅玉が二度ほど頷く。

「ええ。……ですが、乾集落が坎集落から聞いているのは、特定の部族ではなく『威国が金を持っていく』という内容だそうです。おそらく、金を供出させるための脅し文句ではないかと。……いえ、これは供出ではなく搾取ですね。坎集落側に対価は払っていないのですから」

なるほど。それでは、刻印があろうとなかろうと金環を持ち込んで捕まるとは思わないだろう。威国の依頼で持ち込んだのだから。

危ないことをさせるものだ。そのことを腹立たしく思う一方で、引っ掛かることがあった。

「……おかしいですね」

「どこもかしこもおかしいですが、どのあたりを？」

魏嗣も内心憤りを感じているようだ。言い方が荒い。

蓮珠は自身を冷静に保つためにも考えの順に沿って、感じたおかしさについて話す。

「大量の武器が買えるほどの金を手にしたどこかの部族があるはずですが、本拠が一番坎集落に近く怪しい檀部族でもそこまで派手に使っているように思えません。檀公主の装飾品は、そこまで高価なものではなかったように思います。……紅玉さんの見立てではいかがですか？」

衣装や装飾品なら、紅玉のほうが詳しいのでそう話を振った。

「お手元のすべての装飾品を拝見したわけではありませんが、たしかに頻繁に購入したところで、大量の武器を買えるほどのものでは……」

紅玉が、後宮で檀公主と檀部族の侍女たちと遭遇した時のことを思い出し、そう回答する。

「ですよね。……金細工の相場は加工代も含め、例の清明節の御車を作らせるかどうかという話の時に、かなり細かいところまで調べました。それでいくと差額が大きすぎる気がします」

蓮珠は相国と違い、こういう時に考えを書き出すための紙がないので、瞑目して頭の中で計算する。幾度計算しても、金一環程度にしかならない。手元にある全部の装飾品をつけて歩くわけがないと考えると、どんな装飾品をお持ちなのか非常に気になるところだ。

「紅玉さん、檀公主からは例の衣装と装飾品の組み合わせに関しての相談はきていますか？　見に行く機会はないでしょうか？」

目を開けた蓮珠は紅玉に尋ねてみた。

「相談は来ておりますね。発端があの方なのですが、先日のやり取りなんてなかったかのように声が掛かりました。部族序列上位の方々を優先にすることで、まだ行かずに済んでおりますが。……もしや、確認をお望みですか？」

「できれば。たぶんですが、檀夫人の分も範囲に入れてくると思うんです。檀部族の懐事情が推察できるのではと思うのですが……」

調査報告をもらったばかりで、すぐ次というのは申し訳ないと思いながら、紅玉にお願いすると、彼女はむしろ嬉しそうに受けてくれた。

「やってみましょう」

「ありがとうございます、紅玉さん。乾集落のほうまで人を出してくださって、大変助かりました」

蓮珠が言うと、近くに立っていた魏嗣が難しい顔で声を掛けてきた。

「……陶蓮様。これは仕える者として出過ぎた発言になりますが、貴女は、もっと我々二人を積極的に使うべきです。我々は、そのために貴女の近くに配されているのですから」

魏嗣からのダメ出しに、蓮珠は椅子に座っているのに後ろに下がりたくなった。

「そんな、お二人を使うなんて……。いまのわたしは、官吏ですらないのに」

これに紅玉が真顔で蓮珠を諭した。

「蓮珠様。私も魏嗣殿も、主上から貴女様のお言葉に従うようご下命を賜りました。言い換えますと、蓮珠様のお言葉でしか我々は動きません。それなのに、ただ傍らに置いておくだけなんて、逆に無駄遣いにございますよ」

無駄遣い、それは公僕たる官吏がもっともやってはいけないことだ。蓮珠は驚愕に目を見開いた。

「……ですから、蓮珠様は我々を無駄なくお使いくださいね？」

「は、はい！」

ここでこう答えなくては、最強の官吏を目指す者として名折れである。蓮珠は気合とともに返事をした。その視界の端では、魏嗣が肩を震わせて笑いだすのに耐えていた。

魏嗣と紅玉の無駄遣いを止めた蓮珠は、檀部族が手にした金環の行方を探ることに全力を傾けることにした。坎集落からの搾取の実態と金環の行方を暴き、坎集落が騙されていたことを明らかにすれば、万兄弟が何も知らずに金を持ち込んでしまった証明になり、罪を問われずに済むのではないか……という考えによるものだ。

二人の優秀さは知っているので、最終的に金環の行方にたどり着けると信じている。そこは心配していないが、ひとつだけ懸念がある。

「もし、手元に貯めこんでいるだけだったら、どうにもならないのよね」

金環の使い道がわかれば、どこから資金が流れてきたのかを探ることもできる。そうすれば最終的に金環を手にする誰か、黒公主、張折と話した時の『依頼人』にたどり着くことができる。

だが、何にも使わずに溜めこまれていると、『依頼人』が判明しても、金環を一部、あるいは全部差し出して、金の不正持ち込みを発見し押収した、まとめて黒部族に提出するところだった……と言われて終わってしまう可能性がある。

「坎集落の認識では、あくまで威国に金環を渡していたことになっているわけだから、どの部族とかまったく知らないし……」

それどころか、元都に金環を持ち込むことが違法だというのも知らないはずだ。なにせ、持って来いと言ったのは、彼らの認識では威国そのものだから。

万兄弟が坎集落から来たことは、翔央から確認が取れたと連絡が来ている。初回の襲撃失敗で警戒したのか、翔央という用心棒がいることを知って様子を見ているのか、金環の受け取り手からの連絡は、兄弟の元に来ていないそうだ。

できれば、もう一度あの東の市場を見に行きたい。あの威国人向けの店が集まっていたあたりが気になる。金環でやりとりしていた。あれは、官製の金環だったのだろうか。それを確かめたい。だが、蓮珠は、国主である威首長から城の外に出ることを禁じられている身だ。

あまりにも黒熊が過保護なので、一部では蓮珠が蒼妃の次に相国から威国に輿入れするなどと言われているようだ。しかも、相手は黒太子。城門まで送ってもらったのも一因らしい。異母兄の黒太子の妃になることを願って、政にも積極的に関わるようにしている黒公主が色んな意味で噂に対してお怒りだった。

黒太子の妃は、まだ決まっていない。次期首長候補の最有力者なので、まだどの太子に嫁ぐのかが決まっていない公主は、そのほとんどが、黒太子妃の座を狙っている。

「おかげで、以前にもまして視線が痛い」

蓮珠自身は、威首長が黒太子妃をまだ指名していないのは、おそらく黒公主がその地位にふさわしい人物になるのを待っているからではないかと思っている。自分が黒太子妃になるなんてあるわけがない。

「色々考えていても、それを端折って結論だけ言う人だものね、黒熊おじさんて……」

きっと誰に聞かれても、まだ黒太子妃は決まっていないの一点しか答えないのだろう。

「俺がどうしたって？」

「おじ……威首長。このようなところでお会いするとは」

慌てて廊下の端に移動し、威首長の進路をあけた。

「昔のように呼んでよいと言っておるのに」

大きな体でしょんぼりする姿に、ほだされまいと、蓮珠は首を大きく横に振った。

「それは、さすがに……。ほら、護衛の方々もいらっしゃいますし」

宮城内を歩く威首長には、通常黒太子が護衛につくことになっているが、黒太子にも太子としての公務があるので、公務で離れる時は、黒部族から三人の護衛がつくそうだ。

「小蓮は一人だな。そなたの護衛はどうした？」

ちょうど魏嗣も紅玉も、蓮珠がお願いした調べ物で、蓮珠から離れている。臨時護衛は腕に抱いている白虎だった。

「二人には調べ物をお願いしておりまして」

「うむ。そなたの側仕え二人の動きは把握している。……至誠の双子の息子その二のほうだ。そなたを一人にして何をしておるのだ、あやつは？」

まだ『その二』のままらしい。側仕え二人の動向を把握されているなら、翔央が商館を中心に動いていることも知っているだろうと思い、誤魔化すことなく相国今上帝の現状を伝えた。

「あの方は、元都の街で用心棒の副業に従事されております」

「……………白鷺宮は、本当に帝位に就いたのか？　今も身代わりなのではあるまいな」

さすがに用心棒をやっていることは知らなかったらしい。おそらくだが、万兄弟を従者に街歩きしているように見えていたのだろう。

「あの方は、誰かを動かすよりご自身で動くのを好まれますので」

部下二人を蓮珠のもとに置いて、自身は一人で用心棒稼業に行ってしまう人だ。せめて、白豹は近くにいてほしいが、どうだろうか。調べ物に出している可能性もなくはない。

威首長は、国主の自覚がないと怒るだろうか……。そう思って反応を待ったが、威首長は、なぜか肩を落とし、どこか遠くを見ていた。

「……なんだ、そんなところだけ、至誠に似ておるのか」

しばらくして、ボソッと呟いた。

「先帝陛下もそうだったんですか？」

蓮珠が尋ねると、威首長が昔のままの笑みを浮かべて蓮珠を見た。

「もう知っているのだろう？　白猫のことを」

「あ、あー、当時の主上の頭を……」

過去、盛大に不敬の罪を犯していたことを思い出してしまった。

「そういう時に、誰も小蓮を止める者がいなかっただろう？　止めるような者を連れてきてなかったんだ。至誠は俺以上に自分の周囲にいる者を信じていなかった。自分は護ってもらうに値しないなどとも言っていたな」

先帝は、その治世のほとんどの期間で、呉太皇太后（当時は呉皇太后）の政治干渉を受けていた。周囲も呉太皇太后の配下で固められていたのだろう。

「張折様は、自己評価が低いところがよく似ていると……」

蓮珠は、威首長同様に先帝の意外な面を知る人から教えてもらった話をした。

「そこも似たか。言ってはなんだが、良くないところばかり似たんじゃないか、その二は」

「その二じゃなくて翔央様です。……あの方は、周囲にいる者を信じてくれていると思いますよ。逆に信頼度が高すぎるから、一人で動いてしまうんじゃないかと思うんですよね」

威首長の発言を訂正するも、半分愚痴になってしまった。

「それはそれで周囲が大変そうだ」

廊下に響くくらい豪快に笑った威首長は、笑い納めると大きく頷いた。

「まあ、そのほうがあの国の長には向いている」

「相国のですか？」

相国民としては、他国の国主の目に自国がどう映っているのか気になるところだ。

「人が集まる長というのには、二つある。一つに、飛びぬけた才能を感じさせ、この者についていこうと思わせる者。二つには、こいつの面倒は自分が見ないと立ち行かなくなる……と思わせる者だ。相国には優秀な官吏がたくさんいる。前者より後者のほうが、官僚も頑張りがいがあるし、己の才知を発揮できる」

なぜだろう。後者の例で李洸の顔が頭に浮かんだ。

「威首長は、どちらですか？」

蓮珠はふとした興味から、それを尋ねてみた。

「どちらでもない。……俺は、この国の長に一番向かない太子だった。戦うことは好きではない。守りたいものを守って生きていければ良かった。そういう考えは、この国の長には向かないんだ。もっとも、守りたいものを守れてもいない」

その力ない声に、蓮珠は半歩前に出て、威首長の言葉を否定した。

「……そんなことない。しゅ……黒熊おじさんは、ちゃんとわたしと翠玉を守ってくれていたよ。この石を通じて、おじさんが守ってくれていること、ちゃんと感じていたよ。だから、佩玉を何度変えても、この石を付け替えてきたんだもの」

「そうか……。俺の存在を忘れずにいてくれたか。なあ、至誠はどうだったんだろうか。威と相との争いが終わったら会おうと、一緒に笑って酒を呑もう……そう約束していた。でも、結局会えなかった。停戦していた、その上、至誠は帝位も譲っていた。でも、今回のように望まない出国で、ようやくこちらに来ることになって、あげく華王と相討ちだ。

あの日の約束を憶えていたのは、その結実を望んでいたのは、俺だけだったのだろうか？

……大陸中央も華国も跡かたなく潰してしまえと思う、この激情も俺一人が勝手に抱えているものなのか？」

最後の問いは、いまここに居ない人に向けられた弱々しい問いだった。

「おじさん……」

蓮珠が、先帝・郭至誠と交わした言葉は少ない。翠玉の出立式前の上皇宮と、華王との私闘の直前ぐらいだ。白猫としての彼と交わした言葉のほうが多いだろう。蓮珠が官吏になったのは、先帝の御代だったが、長く下級官吏として過ごしたため、上級官吏にしか参加できない朝議に出たこともなく、尊顔を拝することがなかったし、お言葉を耳にすることさえなかった。

だから、皇帝だった郭至誠がどのような考えを持っていたのかはわからない。自身が白猫であることは欠片も明かさなかったし、当然ながら黒熊のことにも言及しなかった。

「先帝陛下も覚えていらしたと思う。その……あの方は、過去を忘れて生きていける人ではなかったと思うから」

そのことが、周囲を信用できない生き方につながったのではないだろうか。

「まあ、過去を忘れて生きていけたら、あんな最期にはならなかっただろうからな」

威首長が小さく笑う。目元にほんの少しの寂しさを浮かべて。

「……小蓮。あの白渓での日々は、俺にとって今も大切なものだ。だから、いまは大人しく守られていてくれ。もうこれ以上、失いたくない」

誰よりも過去を忘れずに生きている者の言葉だった。

「おじさん。……わたしにとってもあの頃のことは、とても大切な思い出だよ。でも、もうわたしは大人になったから、守られているばかりではいられないよ。わたしも、おじさんを、おじさんが生きるこの国の安寧を守りたい」

蓮珠の訴えに、威首長は少し目を見張った。

「おじさんが生きる国で、黒公主様や蒼妃様だっている国だよ。なにもしないで、宮城の奥に閉じこもっているだけなんて、わたしじゃない」

続けた言葉に、威首長がゆっくりと目を細める。

「そうか。……小蓮は小蓮のまま、強くなったんだな」

笑っているのか、泣いているのか。蓮珠にはわからなかった。ただ、威首長との間に自ら線引きをしてしまったような気がして、胸が痛くなった。

威首長が、一人で考えたいと言うので、蓮珠は場を離れた。おそらく、一人といっても、少し離れたどこかに護衛はいるのだろう。

思えば、蓮珠もずっと誰かが近くにいた。叡明が崖の向こうへ消えていく瞬間は明賢と、そのすぐあと、冬来が崖の下へと飛び込む瞬間も。いくら大人びているとはいえ十歳にもならない明賢がいたから、自分がしっかり気を持たねばという想いがどこかにあった。翔央がその場に現れてからは、どうにか翔央に冷静になってもらおうと必死だった。先帝の私闘とその結末もその後も、魏嗣が、張折が、黒公主が、誰かしらが近くに居て、悼みを共有した。

わずかな間に積み重なった死が、威首長との再会で過去と繋がり、蓮珠の中に重みを伴い堆積している。ふとした瞬間に、いまはいない人のことを思い出し、急に虚ろな気持ちに襲われる。

「これだから、一人にするとよくないとか言われるのかな」

過去の痛みは、蓮珠だけのものだった。当時幼く、生まれ育った白渓の記憶がほとんどない翠玉にはないものだ。幼い妹を守るためその時その時を生きていかねばならなかったから、蓮珠は痛みも憤りも、家族の元へという死への危険な憧憬も、すべて飲み込んできた。それが、威首長との再会で、一人の痛みではなくなって、蓮珠の中に留めて置けなくなった。威首長には、いや、黒熊になら痛みを口にすることを許されている気がして。

でも、かつての蓮珠が翠玉の前でそうだったように、黒熊も蓮珠の前では自身の痛みを飲み込まなければならなくなる。彼の中で、蓮珠はいまも幼い頃の『小蓮』のままだから、大人の顔をしなければならなくなる。

きっと、黒熊が本当に素の顔になれるのは、白猫の前だけだったのだろう。

「どうやっても、この痛みは一人で向き合うよりないんだ……」

翔央もそうなのだろうか。相の一団を離れ、用心棒として何も知らない万兄弟の傍らにいることで、一人で父と兄の死と向き合っているのだろうか。

「いまは、ご一緒できないのですね……」

宮城裏に広がる草原を見る。星空の下で約束した気持ちに嘘偽りはない。それは、翔央も同じはずだと信じている。

身代わりの日々、二人でたくさんの偽りをまとった。多くの人々の前で、皇帝であり皇后であった。そのまとってきた偽りの姿が失われた今、もう生身の自分で生きていくよりない。

「あの方は、もういない……」

何が起きても冷静に全体を見渡し、蓮珠を宥め、諭し、守ってくれた人はいない。

蓮珠は白公主がいなくなったことを改めて実感した。

『あら、本の仕入れ商人じゃない』

背後から掛けられた声に、蓮珠は草原から廊下に振り向いた。

『ちょうどよかったわ、本のことで聞きたいことがあったの』

檀公主だった。相変わらず装飾品過多なのだが、以前よりごちゃごちゃしていなくて、スッキリと見える。紅玉の講義の結果か、すごい効果だ。同時に、それをちゃんと聞いて衣装を整える檀公主が好ましく思えた。

『檀公主様にお声がけいただけるとは光栄です。……本の話とは、どういったことでしょうか？』

蓮珠は役所の窓口業務で鍛えた全力の『お話聞きますよ笑顔』を浮かべて見せた。

『相から来ている仕入れ商人なのだから、黒部族としか取引しないわけではないのでしょう？　檀部族にも本を仕入れてきてちょうだい』

気分的には、朝議で違う派閥から声が掛かったようなものだろうか。蓮珠は笑顔を維持して、仕入れの詳細を尋ねた。

『喜んで。では、どのような本をお持ちすればよいか、お好みをお聞きしても？　大衆小説でよろしいのでしょうか、それとも専門外ではありますが、実用書や技術書のようなものでしょうか？』

　檀公主が首を傾げる。

『……そういうの、いるの？』

『え？　……例えばですが、檀公主様が新たな装飾品をご購入の際は、装飾品を扱う商人がもってきたものの中から、好ましいと思うものを選ばれますよね？　同じように、本も檀公主様がお求めのものをお選びになるのがよろしいかと存じます。ですが、本の量は膨大です。耳飾りや簪《かんざし》ほどは小さくもありません。持ってくるにしても、ある程度絞り込んでお持ちする必要がございますので』

　できるだけ具体的な例で、自身の仕入れに関する質問の意図を説明すると、檀公主はなんとか納得してくれた。

『そうね。……実は、わたくしが本を欲しているわけじゃなくて、檀の父がお求めなの。だから、どのような本をお望みなのかはわからないわ』

『檀のお父上……？』

　公主なのだから、父親は威首長ではないのだろうか。檀の父とは、誰のことなのだろうか。今度は蓮珠が首を傾げることになった。

『ええ。……ああ、高大民族は、部族を形成しているわけじゃなかったわね。部族の長は部族の者全員にとって『父』なの。これは知っていると思うけれど、公主は夫人の出身部族の本拠で育つわ。だから、黒部族以外の公主にとって部族の長のほうが、『父』としての距離が近いのよ。その檀の父が最近宮城で流行っている本にご興味を持たれたみたいだったから、本を仕入れてもらおうと思って』

檀公主は意外と蓮珠に対して、ちゃんと説明をしてくれた。

『承りました。最近宮城で流行っている本にご興味ということでしたら、大衆小説で問題ないと思われます。ただ、男性ですとこの種の本に興味と好みが一致しないことも多いので、ほかにもいくつか本をご紹介いたしましょうか』

蓮珠は、大衆小説の読者視点での想いを商人の誠意の形で提示してみた。

『とてもいい提案だわ。おまえは優秀な商人なのね。黒公主様が重用するはずだわ。そうね、檀の父がお求めのものがわかればいいのよね。じゃあ、いまから会いに行きましょう』

言うと同時に、檀公主が身を翻す。

『……檀部族長に？　本拠にお伺いするということでしょうか？』

檀部族の本拠は遠くない。黒部族の本拠の東南に隣接しているはずだ。そこまで行けば、もしかすると檀部族が手にした金の行方も分かるだろうか。だが……。

『申し訳ございません。威首長より、宮城から出ることを許されていない身なので、本拠にご一緒することができません』

危険度の高さもかなりのものなので、今すぐという話は断ろうとした蓮珠だったが、檀公主は、明るい声で蓮珠の計画を壊してくる。

『大丈夫よ。宮城裏の庭も宮城の内でしょう？　檀の父は、いまちょうど都の本拠、宮城裏の草原にある檀部族の幕営にいらっしゃるわ』

檀公主の言葉に悪意は感じない。企みを持っているようにも見えない。だとしたら、これは好機かもしれない。

『少しだけお時間をください、檀公主様。部族長にお会いするのです。衣装を整えませんと。それから、数冊でも手元の本をお持ちしましょう。納品は改めて新しいものをご用意いたしますが、大衆小説がどのようなものかの見本としてご覧いただきたく』

蓮珠は必死に、『いますぐ』だけは避けようと、そうお願いした。

『そうね。では、おまえの居所へ行きましょう』

それはそれで困る。どれほど短い時間でも、公主を部屋にお迎えするならば、それ相応の準備が必要だ。魏嗣か紅玉、どちらかが戻っていればいいのだが。

『檀公主様もご一緒に？　お待たせすることになってしまいますが……』

完全に腰が引けている蓮珠に気づかず、檀公主は小声で希望を口にする。

『その……衣装を整えている間だけでいいから、皆が興味を持って先を争って読むという大衆小説を、檀の父が手にされるより先に、わたくしも少しだけ見ておきたくて』

檀公主も大衆小説にご興味はあるらしい。こう言われては、蓮珠に断れるはずがない。

『……畏まりました。読む手が止まらなくなる一冊をお渡しいたしましょう。檀部族長ではなく、檀公主様にご購入いただけるように！』

蓮珠は、今度は窓口用ではなく、自信の笑みを浮かべた。

第六章

一諾千金

〔いちだくせんきん〕

結論から言えば、檀公主が蓮珠の部屋で手に取り離さなかったのは、蓮珠が抱えていた白虎だった。

『かわいい！　白交じりでもいいのよ、この子なら！』

抱きしめて頬を寄せている。白虎のほうは、特に嫌がることなく、されるがままになっていた。

『……白交じり？　それは、どういう？』

戻っていた紅玉に身支度を整えてもらって衝立《ついたて》の裏から出た蓮珠は、檀公主に尋ねた。白と言えば、相国の国色である。根本的に相国嫌いなのだろうか。そう思ったが、返ってきたのは、意外な答えだった。

『白太子に嫁ぐ話があるのよ。序列が近いなかで、歳も近いのはわたくしだから』

檀公主は、黒公主より若く見える。もっと言ってしまえば、幼く見える。その彼女に、すでに太子妃になる話が来ていることに、『行き遅れ』を通り越して『行きそびれ』と言われてきた蓮珠は驚いてしまう。

『……お嫌なのですか？』

少し慎重に聞いてみると、むしろ、言いたかったのか、檀公主が声を大きくした。

『そりゃそうよ！　顔は綺麗で可愛いけど、とんでもなく病弱で馬にもまともに乗れないなんて、威国の男に数えられないじゃない。白公主様が太子でいらしたら喜んで妃になったのに！』

声にびっくりしている白虎に気づき、また声量を抑えて、白虎に話し掛ける。

『あーん。白虎は、いくらかわいくてもいいのよ』

差別的発言である。この猫を猫かわいがりする檀公主の姿に、衣装を整える紅玉も毒気を抜かれたようで、檀部族長に会うことにも反対しなかった。もちろん、自身が付き添うことが条件で、だったが。

今回、魏嗣が調べ物で宮城の外へ出て戻っていないので、蓮珠の付き添いは紅玉のみとなった。

宮城の裏の草原は、黒部族に近しいほど宮城に近い場所を区画として与えられる。檀部族の幕営は宮城から遠かった。そもそもそれぞれの部族の幕営が、小規模とはいえ羊を育て、馬を走らせているのだ、かなりの広さがある。

「これは早計でした」

蓮珠の傍ら、本を抱えた紅玉が呟く。これだけ宮城から離れるとは思っていなかったのだろう。蓮珠もそうだ。そして、宮城からの距離は何かあった時に助けてくれる人々からの距離でもある。黒部族に近しいほど宮城に近いということは、宮城から遠いこのあたりは、黒部族との関係が良好とは言い難い部族の幕営が並んでいるということになるからだ。

唯一の救いは、どこに行くかを言い置いて宮城を出られたことだ。戻らない時は、黒公主が来てくれるかもしれない。ただ、その時、自分と紅玉がどうなっているかはわからないが。

できるだけ穏便に。用件は速やかに。その二つを心の中で唱えていた蓮珠だったが、檀部族長の幕舎に入って、すぐに前者が破られた。

幕舎の中、檀部族長が長椅子に腰かけ、檀部族の人々が並んで立っていた。明らかに雰囲気が重い。

『父様、本の仕入れ商人を連れてきたわ』

檀公主は、その幕舎内の雰囲気を全く気にせず、声を掛けると白虎を抱いたまま奥へと歩を進める。真似したくはないが尊敬に値する。

だが、白虎は違った。居並ぶ人々の殺気さえ感じる視線に驚いたのか、檀公主の腕から急に飛び降りると、恐慌状態で幕舎内を走りだした。こんな状態になったことがないので、蓮珠も紅玉も、どう宥めたらいいのかわからず、とにかく白虎を捕まえようとするが、恐慌状態のわりにするりっと人の手を躱して、幕舎内を逃げ回り、あげく、幕舎から逃げ出ようとして出入り口横に置かれた部族旗に飛びつき、その端をビリっと……。

「びゃ、白虎ぉ！」

思わず蓮珠が声を上げる。近くにいた檀部族の男性に至っては、白虎に手を振り上げた。

『部族旗になんてことをするんだ、この……！』

危険を察知した白虎は、幕舎を飛び出るとそのまま走り去ってしまった。

幕舎内は、大の大人が猫一匹を追い回して、散らかっていた。

『ひどいわ、父様。……かわいい子だったのに！』

檀公主が嘆いた。蓮珠と紅玉は、そのわきから前に出て、その場に跪礼した。

『大変申し訳ございません、旗を修理、あるいは新調されるようでしたら』

『それ以前に、おまえたちは何者だ？』

謝罪の言葉が遮られた。声の圧にすぐ返せない蓮珠と異なり、檀公主はこの状況でも、声の調子そのままで蓮珠を紹介する。

『黒公主様が相から招いた本の仕入れ商人よ。父様、本の話をしていらしたでしょう？』

檀部族長の眉が片方だけ跳ね上がる。蓮珠は上げた頭をまた下げた。

『黒公主が招いた……？』

『あ、大丈夫よ。黒部族とだけ取引するわけじゃないって言っていたから連れてきたの』

ここに至って蓮珠は、この幕舎内の重い空気にまったく動じない檀公主が頼もしくなってきた。

『……高大民族の飼い猫が無礼を働いたのだ。当然、その責はおまえがとるということで良いよな？』

蓮珠は肩に、重みを感じた。跪礼した姿勢のまま視線を肩に向ければ、剣の刃が肩に触れている。さすがの檀公主も声の調子が変わった。

『父様？　なにをなさいますの？　猫のしたことです、それに私が逃がしてしまったのですから……』

訴える檀公主を無視して、檀部族長が誰かに声を掛けた。

『……誰か、例の商人を連れてこい』

いったい誰を？　例の商人と言った。この場に商人を呼んで、どうするつもりだろうか。まさか、部族旗の弁償に、蓮珠と紅玉は売り飛ばされるだろうか。

『長。呼んでまいりました』

そう時間を置かずに、商人を呼びに行った者が戻ってきてしまった。思わず、声のしたほうを見て、入ってきた商人と目が合う。

『なにごとでしょうか？　……ん？　おまえはこの前の』

『……あ、黛公主様と一緒にいらした装飾品を扱う商家の方』

蓮珠は城門で会った時のことを口にしたが、相手はなおも蓮珠の顔をじっと見た。

『やはり、顔を見たことがあると思った。……おまえ、東の市場で……』

商人がなにかを言おうとした瞬間、轟音《ごうおん》があたりに響き、幕舎全体が揺れた。

『なにごとだ？』

商人を呼んできた檀部族の男性が幕舎の出入り口の幕を上げた、同時に白いものが飛び込んでくる。白虎ではない、まず大きさが違う。

『羊が……！』

一頭ではない、十数頭の羊が幕舎内に走りこんできた。白虎の比ではない暴れっぷりに幕舎内は混乱を極めた。

「蓮珠様、こちらに！」

紅玉に言われて、蓮珠は場を立つと、大混乱の幕舎をとりあえず出た。見れば、檀部族の羊たちの囲いが壊されている。その囲いの壊れた部分から、羊が出てきて幕舎だけでなくあたりを歩き回っていた。

「なにごと……？」

呆然とする蓮珠の身体が何かに引っ張られて浮き上がった。しかも、一瞬、手を離されて宙に浮いたところを抱え直すという、恐ろしいことをされた。

「無事だな、小蓮」

「へ？　こ……黒熊おじさん？」

蓮珠を抱えているのは、威首長だった。気持ち的に全然無事ではないのだ、状況理解が追い付かず、大人しく小脇に抱えられている状態だった。

「引くぞ」

短い命令だけだして、威首長が馬を反転させる。

「はい。蓮珠様をお願いします。……紅玉殿、後ろに」

もう一頭の馬の手綱を握っているのは、魏嗣だった。

「畏まりました」

紅玉が同じく反転し走り始めた馬に飛び乗る。

「いったい、なにがどうなっているのでしょうか？」

小脇に抱えられたまま蓮珠が問えば、威首長が低い声で答えた。

「白虎が檀の部族旗の切れ端を持って魏嗣のところに飛び込んできて、魏嗣が俺のところに飛び込んできた」

なるほど。白虎のかつてない恐慌状態は、あの場を飛び出して助けを呼びに行くための演技だったようだ。……いや、どうしつけたら、そんなことができる猫になるのだろう。

納得に伴う疑問に首を傾げる蓮珠の耳に、歯ぎしり交じりの声が入ってくる。

「……檀部族め、小蓮に手出ししようとは」

威首長の全身から怒りが吹き上がっていた。

「いや、それは誤解というか。檀公主様のご紹介で、檀部族長に本のご紹介に伺ったわけで、手出しはされて……」

蓮珠は慌てて訂正しようとしたが、紅玉に遮られる。

「なにをおっしゃいますか、蓮珠様。肩に剣を当てられたことをお忘れですか？」

魏嗣の後ろに乗る紅玉が蓮珠に聞こえるように声を張った。

「なに？　……潰す」

威首長の物騒な呟きに、蓮珠は慌てた。

「いや、待ってください“あれは、白虎が幕舎内で暴れたあげく、部族旗を破ってしまったからで」

一気にいろんなことが起きすぎて、蓮珠は話しながら、頭の中を整理していた。

「……あれ？　なぜ、それであの商人を呼んできたのでしょうか」

黛公主と一緒に居た商人だった。蓮珠の顔を見たことがあると言っていたが、城門のところで会ったのだから何の不思議もないのに。

「紅玉。あの商人、最後に『東の市場』と言っていませんでしたか？」

それを思い出し、念のため紅玉に確認する。

「言っておりました」

蓮珠は、背筋にゾクッときた。

「……もしかして、あの商人に見られたのかもしれません。襲撃された万兄弟を助けた翔央様と一緒に居るところを」

蓮珠が言うと、魏嗣が反応する。

「それでは、その商人とやらも襲撃に関わっている可能性が？」

「わたしの顔をわざわざ覚えているということは、そうかもしれません。でも、なんで、わたしの顔を確認させたのだろう……」

「決まっている。やつらは、いまだ手に入らない金環を、その万兄弟を助けた小蓮たちが持っていると思い込んでいるからだろう」

もし、本当にそうなら、翔央も危ない。

「威首長。このまま商館へ向かってください、翔央様にお知らせしないと」

いまだ威首長の小脇に抱えられている状態で、蓮珠は威首長に懇願したが、すぐに却下された。

「駄目だ。……魏嗣、そなたが商館に行ってくるといい。ついでに、宮城に来るように伝えよ。あれも至誠の息子だ。宮城で保護はする」

行くことは却下されたが、翔央が保護されることに蓮珠は安堵し、次の願いを口にした。

「万兄弟も宮城で保護してください」

だが、こちらは完全に断られた。

「それはできない。……元都に金環を持ち込んだ者を宮城に入れることは、その二名を威国として捕らえねばならなくなる」

威首長の言っていることは正しいとわかっているが、翔央という用心棒を失った万兄弟が、再び襲撃を受ける可能性は高い。誰かが守らねば、彼らは殺され、金環は奪われるだろう。

「そんな……、あの兄弟に非はありません。彼らは……彼らの故郷である坎集落は、金環を威国に納めていると認識しているんです」

蓮珠の訴えは、再び否定された。

「小蓮、坎集落に行ったわけではないだろう。推察にすぎない」

どうにか助けたい。蓮珠は無意識のうちに自分を抱える威首長の袖を握っていた。

「紅玉といったな。主が暴走せぬよう、しっかりと見張っておけ。この者、昔から言い出したら聞かん。絶対に宮城の奥から出すな。宮城内も、元都の街も危険だ」

紅玉がよく知っているという顔で、威首長に返した。

「畏まりました。……魏嗣殿、どうか翔央様を」

紅玉の前に乗る魏嗣は、笑って応じた。

「もちろんです。あの御方も言い出したら聞かない御方ですが、いざとなったら、陶蓮様の名を出して、宮城に来る気にさせますから」

行部で蓮珠の副官についていた頃から感じていることだが、魏嗣の蓮珠への扱いは、なんかおかしい。

「わたしの使用方法がおかしくないですか？　罠《わな》に置いた餌《えさ》の扱いですよね？」

「陶蓮様。忠臣というのは、主の無事のためならどんな手でも使うものなのですよ」

そうだった。副官時代も含めて、魏嗣は翔央が蓮珠に付けた者であって、彼の本当の主は、これまでもこれからも翔央なのだ。

「臣下だけではない。……王というのは、国や民を守るためなら、ありとあらゆる手段を講じ、持てるすべての権限を使うものだ」

威首長が、魏嗣の言葉を受けて、蓮珠に国主の心得を聞かせた。その上で、黒熊の声に戻す。

「小蓮。……すべてが終わるまで、宮城の後宮、黒の第一夫人の元で大人しくしていろ。あの場所だけが、俺が大切なものを置いておける唯一の信じられる場所だ」

黒熊としての彼の懇願を、蓮珠は却下などできなかった。

馬から降りるその時も、威首長は蓮珠を離すことがなかった。小脇に抱えたままで宮城の最奥、後宮に住まう黒の第一夫人の元まで行き、そこでようやく蓮珠を降ろした。

『頼んだ』

叡明や冬来よりも短い。だが、それだけで通じる関係が、威首長と黒の第一夫人の間にはあるということだろう。

『ご執心ですこと。……まあ、頼まれましょう』

黒の第一夫人は、楽しそうに言って、来たばかりの後宮を出ていく威首長を見送った。

戻ってきた黒の第一夫人は、降ろされた時のまま床に座り込んでいる蓮珠に微笑んだ。

「陶蓮珠。おまえに手出しした檀部族の者たちは、急ぎ本拠に帰らせ、処分が決まるまで本拠に蟄居《ちっきょ》といたしました。とはいえ、どこかに人を残しているかもしれません。宮城内とて、危険であることに変わりありません。ここで大人しくしていることを望みます」

誰も彼もが蓮珠に大人しくしていることを望む。白虎や檀部族の羊ではないのだ、大暴れするわけでもないのに。

黙ったままの蓮珠に、黒の第一夫人がその場にしゃがみ、視線の高さを同じにしてからゆっくりと諭す。

「最後に。ここがどこかよく考えた上で行動なさい。ここは、相国でなく威国なのですよ。今回は首長が間に合わせましたが、あくまで僥倖《ぎょうこう》です。次は、顔確認なしに剣がおまえの首を刎《はね》ることになるでしょう」

これほど圧のある声を持つ女性は初めてだ。黒公主、冬来の比ではない。

顔を上げ続けていられず、その前に俯く。だが、次の瞬間、蓮珠は黒の第一夫人に抱きしめられた。

「……わたくしの大事な娘が遺した命を、無駄にしないでちょうだい」

耳元でささやく。大事な娘とは、おそらく冬来のことだ。白夫人が育てることを放棄した二人目の公主だった彼女を育てたのは、黒の第一夫人だと聞いている。

「第一夫人……」

これを蓮珠に言うということは、黒の第一夫人も蓮珠が身代わりであったことを知っているのだ。

「黒公主を呼びましょう。……話し相手がいれば無茶はしないでしょうから」

黒の第一夫人は、そう言って蓮珠を離した。強い抱擁ではなかったのに、黒の第一夫人の腕の中にあった感覚が消えない。それは長く忘れていた、母の抱擁を思い出させた。

「蓮珠様。黒の第一夫人のおっしゃるとおりです。今回はあの商人が確認するという間があったから助かりました。ですが、次はありません。見つかれば、すぐに殺されてしまいます」

紅玉の言葉に、蓮珠は無言でうなずいた。

「……飲み物をいただいてきましょう。緊張が続きましたから」

まだ少し硬い表情で、紅玉が傍らを離れた。

次はない。それは紅玉も同じことだ。あの幕舎で、もし威首長の介入がなければ、蓮珠を守るために紅玉が動かざるを得なかった。幕舎には部族長を含めて男性が十名ほどいた。国民全員が戦士と言われる威国の民だけあって、見た目に大柄で力がありそうな体格をしていた。それを相手に紅玉を戦わせることになっていたかもしれない。

相国を基準に考えれば十分に強い紅玉も、さすがに威国の戦士十名を相手にするのは無理だろう。しかも、蓮珠を守りながらなど、到底無事では済まない。それでも、紅玉はやる。蓮珠を守ることが、彼女の役割だからだ。

紅玉の命の責任は蓮珠にある。彼女だけではない、もしあの場に魏嗣もいれば、魏嗣もまた蓮珠を守るための行動をしただろう。彼の命もまた蓮珠が握っているようなものだ。

これが、二人を『使う側』であることの重みだ。

「魏嗣さんは、翔央様に会えたかな」

蓮珠は卓に突っ伏し、長いため息をつく。その息も途切れた静けさの中、蓮珠の耳に小声が入ってきた。

威国の建物の造りは、相国と異なり小部屋で細かく区切るのではなく、天井の高い大部屋を区切らず使う。

黒の第一夫人の部屋も、柱もなく広い空間になっていて、威首長に小脇に抱えられて後宮に放り込まれた蓮珠を、監視なのか野次馬なのか、離れた場所から眺めて、何やら話している。

『首長がご執心とか……。例の噂は本当なのかしら？』

例の噂とは、黒太子妃になるとかいう根も葉もない噂のことだろうか。

『ああ、首長が高大民族の娘を自身の後宮に迎えることで、白公主を失ったことへの賠償とするらしいってやつね』

それは初耳だ。ありがたくも、高大民族の蓮珠に威国語はわからないと思い込んでいるらしい二人は、その後も宮城内で流れている噂についての話を続けてくれた。

『すでに黒公主と懇意にしているそうだから、黒部族の下に着くのでしょう？　居残りの夫人がたは気が気ではないでしょうね』

居残りの夫人とは、黛夫人と檀夫人のことか。ひどい言いようだ。その上、蓮珠のこともひどい言われようである。賠償金として威国に輿入れすると思われているようだ。

「黒熊おじさん、父さんより年上じゃなかったっけ」

色々言いたいが我慢だ。なにより、威国語がわかると知られると、巡り巡ってあの幕舎での会話もわかっていたことを知られてしまう。それがどこかから檀部族にバレたら、もっと面倒なことになるのではという予感がする。

何が危ないかをわかる感覚が養われているのは、大変良いことだと冬来が言っていた。逆に言えば、その感覚が危険を告げているなら、それに従うべきだ。

聞こえるから気になるのだ。聞こえないところに居よう。蓮珠は、椅子を立つと、外が見える廊下に出た。

初秋の少し涼しくなった風が草原を撫でて過ぎていく音や、各部族が置いている幕営の家畜の鳴き声が聞こえてくる。外界の音が、部屋の中の声をかき消してくれた。

この元都で唯一の高層建造物である宮城から眺める空は広く、その分だけ元都の街が小さく見える。この廊下は裏の草原側でなく、街を見下ろす側にあった。

「東の市場は、どのへんだろう？」

蓮珠は目を凝らして、眼下の元都の街を見た。その目に、やたら大きな荷物を運んで進む一隊が見える。思わず廊下の高欄から身を乗り出し、今一度、目を凝らした。

「あれは……」

夕刻、薄暗がりの街を、布を掛けた大きな荷物を台車に乗せて、街門へ向かう一団が見える。台車は一台ではない。位置的に全体が見えるわけではないのでわからないが、三台は見える。

「蓮珠様、ここにいらしたのですか？」

紅玉が声を掛けてきた。蓮珠は勢いよく振り返ると、紅玉に詰め寄った。

「紅玉さん、あれ、見えますか？」

蓮珠が指さす方を見て、紅玉が頷く。

「檀部族が本拠に蟄居となりましたから、その移動ではないでしょうか」

蓮珠は紅玉の袖を引くと、声を潜めて紅玉の考えを否定した。

「紅玉さん、威国の民は草原の遊牧民であることが基本です。あの荷物の量はありえません。……だって、わたしたちが見た幕営に、あんな台車が三台も必要になるモノなんてなかったじゃないですか」

紅玉が、蓮珠がそうしたように廊下の高欄から身を乗り出して、街を行く一団に目を凝らしている。

「張折様は宮城内にいらっしゃいますか？　見えるうちに確認してもらわないと」

確認に張折を選んだことに、紅玉が問う。

「蓮珠様は、あの台車が何を運んでいると？」

蓮珠は周囲に人影がないことを確かめてから、紅玉の疑問に答えた。

「……同じものが乾集落へ運ばれるのを見ました。あれは、大型の火器です」

あんなものが元都にあったとは。あれこそが、翔央と張折が感じた肌にピリピリ来る空気の要因ではないだろうか。

大型の火器とそれを急ぎ運んでいる者たち。もしや、すぐにでも使おうとしている？　戦いのない国を。それが蓮珠の譲れない信条である。ここが威国であろうとそれは変わらない。

「あれを使わせるわけにはいきません。絶対に、です」

急ぎ張折の元へ向かう紅玉を見送り、蓮珠はすぐに身を翻した。黒の第一夫人が黒公主とこちらに向かっているはずである。待つより自分から行ったほうがいい、もしかすると黒の第一夫人も一緒にこちらに向かっているかもしれない。すぐに報告しなければならない。あれは蓮珠一人が行動を起こしたところで、どうこうなるようなものではない。威国の人々でどうにかしてもらわねばなるまい。

急ぐ蓮珠は、廊下に佇む人影を見た。時間が時間で衣装の色は見えないが裙の長さからいって、侍女ではなく、公主か夫人ではないだろうか。

いったん止まって礼をしなければ……、そう思ったところで、蓮珠の首に何かが当たった。

「あ……」

なにが起きたか把握する前に膝から力が抜ける。

視界の端、誰かが振り抜いた手を下げるのが見えた。

なぜ、忘れていたのだろう。ここは威国で、その地に暮らす民は男女を問わず皆戦士だ。白公主や黒公主だけが戦う女性なわけではないのに……。

そう思ったのが最後、蓮珠は廊下に倒れると同時に気を失った。


草の匂いがした。嗅覚の刺激から蓮珠の意識が徐々に浅瀬に上がってきた。薄く目を開けると幕舎の布床に寝かされていることがわかった。

『あれが檀部族の幕舎に乗り込んで来た女商人か。……黒部族の手の者か？』

初めて聞く声だった。少なくとも檀部族長ではない。

『いえ。檀公主様が言っていたところでは、あの者、黒公主様が相国から招き寄せた商人らしいです。なんでも、本の仕入れが専門だとか』

こちらの声には聞き覚えがあった。檀部族の幕舎に入ってきた商人だ。では、やはり、ここは檀部族の幕舎なのか。先ほどの男は檀部族長ではないだけで檀部族のものなのだろうか。いや、檀部族は本拠に蟄居になったはずで、そのための移動を見た。もう幕舎自体がないはずだ。そもそもこの商人はどこかから呼ばれて檀部族の幕舎に入ってきた。檀部族の商人ではないのかもしれない。あの城門で遭遇した時も、黛公主が懇意にしている商人だと言っていた。公主個人が懇意にしている商人なのか、あるいは黛部族が懇意にしている商人なのか。後者であれば、ここが黛部族の幕舎である可能性も……。

『ただ、あの者、東の市場に居たのですよ』

『……ああ。襲撃して失敗した件か。欲を出すからだ』

蓮珠は危うく声が出そうになった。翔央が万兄弟を襲撃者から助けたあの時、やはりこの商人もその場に居たのだ。しかも、もう一人の言っていることから考えて、あの襲撃は、この商人が『二倍取り』を狙って、襲わせたということになるのでは。

　張折の考えが正しかったことがわかったと同時に、張折の話で言うところの『依頼人』は『商人』がすることを黙認していたこともわかった。

『面目ございません。……それで、考えたのですが、あの者も金環狙いなのでは？』

　抗議したい。いますぐに起き上がって声を大にして一緒にするなと叫びたい。あいにく縛られて身動きが取れないから、やりようがないが。

『商人というのはどいつもこいつも……。しかし、それならなぜ、宮城内をうろついていた。……もしや、金環の行方を知っていて、我々と取引しようというのでは？』

　ある意味、合っている。万兄弟を助けるために、彼らの取引相手を見つけ、何とかしようとしていたのだから。

『……それは、困りましたな』

　この場合困っている内容は、おそらく蓮珠の処分だ。蓮珠だって困る。

『失礼いたします』

　第三の声が入った。なにかを報告に来たようだ。耳打ちしているのか、言葉は聞き取れない。だが、商人と話していた男がこの場ではそれなりに身分が高いことは推察できる。

『……そうか。おい、奴らが接触してきたとの連絡が来た。どうやら、納めに来ただけという認識は変わっていないようだ。受け取ってやろう。例のものが手に入れば、残り半分の引き渡しが可能になる。ようやく雪辱《せつじょく》を果たすことができる』

おそらく、万兄弟が金環を渡す相手と接触したのだ。翔央はまだ彼らと居るのだろうか。一緒にいるとして、魏嗣から話は聞いただろうか。

足音が近づいてくる。蓮珠は目を閉じ、全身の力を抜いて、まだ気絶した状態から目覚めていないふりをした。

『ちょうどいい、その女は箱にでも入れて、特別報酬としてやつらに渡してやれ。奴らに元都の外へ運ばせて、それからまとめて始末すればいい。……欲深いお前のことだ。どうせ途中で始末する算段はつけてあるのだろう？　まとめて始末すればいい』

声の主も、商人も万兄弟を無事坎集落に帰すつもりはないようだ。

『なるほど。良いお考えです。連中のところに運ばせましょう』

期せずして、翔央と合流することは出来そうだ。ただ、翔央が万兄弟の用心棒をする契約は、万兄弟が元都を出発するまでだ。元都を出る前に箱の中に自分がいることをどうにか知らせねばならない。始末の算段がついているという以上、万兄弟が帰路で襲撃されるのは間違いない。再び『二倍取り』を仕掛けようとしているのだ。阻止せねばならない。

それ以上に、万兄弟が金環をこの声の主に渡してしまっては、彼らを助けることも難しくなる。渡したあとでは、『依頼人』と『商人』を捕えたとしても、押収された金環の入手元として万兄弟も捕まってしまう。

『途中で目を覚ましても動けないように布を敷き詰めてから入れておけ。上には多少いい布を乗せれば報酬らしく見えるだろう』

慎重だ。布を敷き詰められては、外に音で知らせるのも難しくなる。

今すぐに状況を打開できる方策はなさそうだ。蓮珠は大人しく気を失ったふりをしたまま箱に収められた。龍貢との交渉のために、荷物になって運ばれた郭広のことを思い出し、今更ながらに同情した。

蓮珠を入れた箱を乗せた台車の動きが止まった。どうやらどこかに到着したようだ。例の声の者と商人からは離れたところに置かれているのだろう。外の声がしない。もしかすると、敷き詰められた布のせいかもしれないが。

蓮珠は後ろ手に縛られた状態でわずかに動く指先を使い、佩玉の紐を引き寄せる。箱に入れられて運ばれる間も少しずつ引き寄せたことで、なんとか紐に吊るした玉環に触れた。用心棒を演じている翔央なら、必ず特別報酬に危険がないか箱の蓋を開けるはずだ。だが、渡した側は、それを咎めてすぐに閉じさせるだろう。中を探られるわけにはいかないのだから。

翔央が蓋を開けた瞬間が勝負だ。蓮珠は玉環を掴むと立てて被せられた布を押し上げた。報酬として渡すために、上に置かれた布は広げた状態でなく、たたんだ状態で並べられているはずだ。縛られた手が動く範囲で、少しずつ押し上げる位置をずらして、たたまれた布と布の間を探る。押し上げすぎては蓋に当たって音が出てしまう。浅く、でも、布と布の間を抜けることができるだけの力は入れて。

間に合え。蓋が開くその瞬間に間に合え。蓮珠は心の内でそう唱えながら、玉環を押し上げた。

「その箱に特別報酬が？　それは、俺も分け前をいただけるんですかね？」

聞き慣れた、よく通る声が聞こえた。敷き詰められた布の向こう、箱の外側、声は近づいている。

箱が揺れた。蓋が外されたのだ。

「どれどれ……」

間に合え。蓮珠は蓋が外されたことで当たることを恐れずに玉環を押し上げた。

『おい、そこの男。なに蓋を開けているんだ！　報酬を奪う気か！』

予想通り、咎める声がして、蓋がゆっくりと閉まった。

「怒らせちゃいましたか。通辞の方、すみませんとお伝えください。……ちらっと見えましたが、ずいぶんと高そうな布が並んでいましたよ。良かったですね、二人とも」

はたして、蓮珠の佩玉は見えただろうか。

「お伝えしますが、気を付けてくださいよ」

李洸の声だった。通辞というのは李洸のことらしい。この箱の近くにいる翔央への返事で声を大きくしていたが、もしかすると、この場にいることを知らせるためかもしれない。

李洸が翔央と合流しているとは……。

「台車ごと引き取りで良いのかを確認してくれ。我が主たちは大きな箱を運ぶ手立てがない。台車なしだと、この場で箱からすべて取り出して馬で運べるように荷造りせねばならないのだが」

翔央の声が聞こえる。彼はまだ箱の近くにいる。

「台車は、このあと使う予定があるから、返してほしいそうです」

「使う予定ね。……じゃあ、こちらで台車を用意することにして、とりあえず箱を受け取ろう。手伝ってくれ」

箱の外のやり取りに、新たな声が加わった。

「おう。手伝うぜ」

それは張折の声だった。ここに張折がいる経緯はわからないが、蓮珠が紅玉に託した伝言が伝わっているはずだ。

『……ただし、手伝うのは台車を使う用事がある場所に運ぶほうだけどな』

張折が威国語で言った。仕掛けるんだ、そう思った時には、箱の外から激しい物音が続けざまに聞こえてきた。音からして、かなりの人がいる。張折は商人を取り押さえる手配までしていたようだ。

「陶蓮！」

黒公主の声がして、蓋が外される音が続く。威国の布は生地がぶ厚く刺繍も多い分、重かった。それが取り除かれて背中が軽くなるのがわかる。

「陶蓮！　無事ね？」

敷き詰められた布から掘り出された蓮珠は、箱の中で身を起こしたところで、黒公主に抱き着かれた。

「……ちょっと、息苦しい時間が長くて頭がくらくらしていますが、なんとか無事です」

あたりは薄暗い。すでに夜になっていたらしい。

「箱詰めされている時点で、無事ではございません！」

紅玉も居た。お怒りだ。

「……はい。すみません」

素直に謝罪した蓮珠は、二人の手で箱から引き上げられて外に下ろされた。長く箱の中で縛られた状態だったせいか、縄をほどかれても身体が固まっていて痛い。

「こっちは終わった。……次の準備だ、時間がかかるとあちらに悟られる。急げよ」

張折が指示を出している。蓮珠は、その声のする方へ走り寄った。

「張折様。ご確認いただけましたか？」

色々端折って手短に尋ねる。

「おう、陶蓮。生きていたな。なによりだ。……あと、よくやった。ちゃんと確認した。あれは相が乾に引き渡したのと同じ華国製の大型火器だ」

大陸中央が坎集落から手を引いた後に引き継いだのは、金環の私鋳だけではなかった。それを資金源に武器を手に入れるところまで丸ごと檀部族が引き継いでいたのだ。

「……やはり。ですが、あれらを何に使うつもりなのでしょう？」

「ありゃ、攻城戦用の火器だ。幕舎が多い草原の国で、あの武器向けて戦い仕掛けるなら、目標物は一つしかない。目標から射程距離をとって、元都の宮城をぶっ壊すつもりだろうな。デカい的だ。当て放題だな」

それは、元都の街も無事では済まない。元都は今や威国の様々な場所から人が集まって暮らしている。檀部族の者だっているだろうに。

「あれ……？」

蓮珠は縛られている商人のほうを見た。捕まっていたのは、檀部族の幕舎ではなかったはずだ。それに、あの商人は……。

「商人に吐かせた。いま、場所の信憑性《しんぴょうせい》を白豹に確認に行かせた。戻り次第、向かうぞ」

翔央が張折に話しかけてから、視線を蓮珠のほうに向けた。

「色々言いたいことがありすぎて、時間がない。あとでたっぷり話そう。覚悟しておくように」

「はい、覚悟は後ほど。翔央様、あの商人は誰がこれから行く場所に待っているといいましたか？」

蓮珠も色々言いたいことがあるが、時間がないのでいまどうしても確認しなければならないことだけ口にした。

「特に言ってないな、吐かせるか？」

「いえ、大丈夫です。……黒公主様。威国の部族について知識が足りないので教えてください。檀部族と同じくらい宮城から離れた場所に幕営を置いているのは、どの部族ですか？　もしや、黛部族ではありませんか？」

蓮珠の問いに、黒公主は頷いてから表情を険しくした。

「檀部族の後ろに、黛部族がいるのね？」

「おそらく。……まず、そこの商人は、黛公主様が城門まで迎えに行かれていました。公主様に誰かを城門まで迎えに行くように言えるのは、それ相応の地位の方だけですよね。例えば、部族の長である方とか」

蓮珠は、城門で黒太子とともに、黛公主とこの商人に遭遇した時のことを話した。

「……黛は、過去に色々あったけど、いまだに序列が高く、持っている力も強力だわ。本気でぶつかってこられたら、お互い無傷では済まない相手よ」

黒公主は自分が連れてきた兵数を数え直し、眉を寄せた。

「こりゃ、覚悟しなきゃいけないのは俺たちだな。檀部族に加えて、黛部族が待ち構えているとはね。寡兵《かへい》で、一軍と大型火器に挑むか……軍師の腕が鳴るねえ」

張折が物騒な笑みを浮かべていた。

第七章

千法百計
〔せんぼうひゃっけい〕

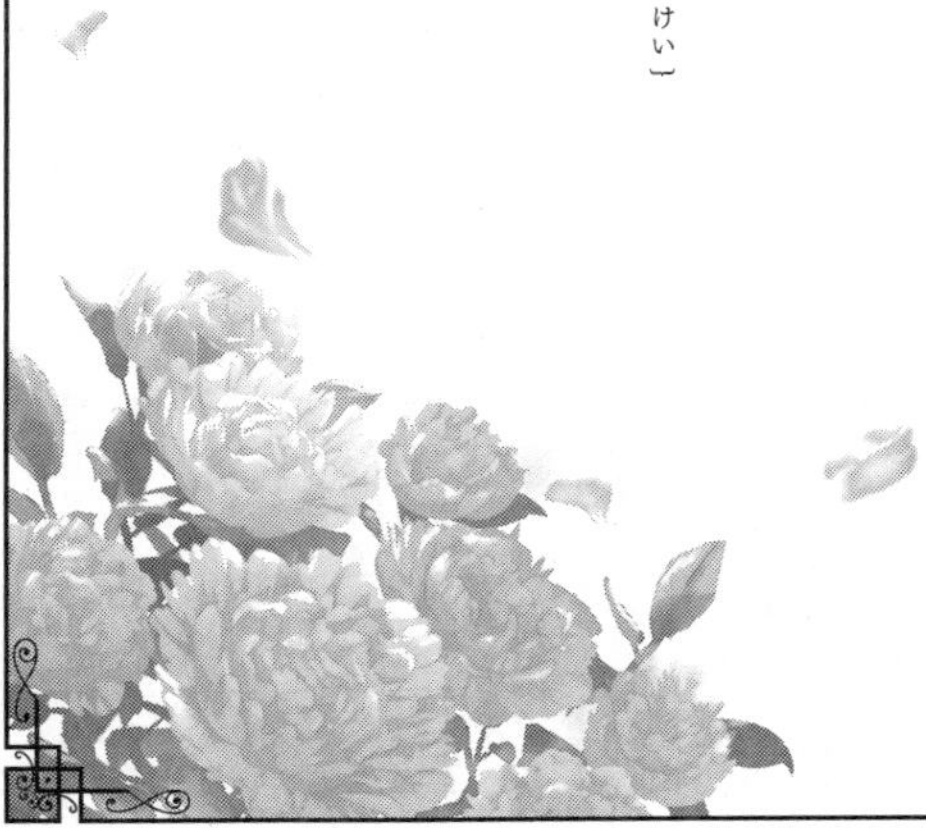

元都の街は、ほぼ真四角、その上辺の中央に宮城が配されている。宮城の背後には広大な草原が広がっており、火器で宮城を陥落させるには、どこからも距離がある。

「いくら大型火器でも宮城を狙うのは無茶じゃない？」

黒公主の疑問に、張折が答えた。

「いえ、直接狙う必要はないんです。……攻城兵器っていうのは、だいたいどれも兵を城内に入れるためにその手前の防御を崩すことに主眼があります。砦を落とすのは最終的に人です。火器の役割は道を作ることにある」

張折の話を聞いた黒公主が、顔をしかめた。

「道を作るって……、まさか壊して進むつもり？」

「小官の考えでは、それが一番いい。徐々に詰め寄ることで脅しにもなりますしね。街を壊して進めば、城にたどり着く前に相手が交渉に乗ってくるでしょうから」

張折は攻める側の考えに立って、相手の進路を地図上で計算していた。

「どうにかならないんですか？」

蓮珠は地図を覗き込み、張折に尋ねる。

「陶蓮が聞いた話じゃ、金環がなければ、残りは手に入れられない。支払い完了で納品ということだな。華国の武器商人はしっかりしてやがる。……だから、今回はそこを崩す」

張折はすでに作戦が頭の中で組み上がっているようだ。

「この金環で俺たちが武器を買いあげてしまえばいい」

万兄弟が持っていた金環の入った箱を拳でコツコツと叩いた。

「……だが、正直、分が悪い。黛部族がついているとなると、向こうは数がいる。戦いの勝敗を決めるのは、基本的に数だ。現状、こちらで動けるのは、いまここに居る者だけだ。相手の大型火器を無力化するほどの頭数がない」

張折がぼやいたところにどこからか声が入ってきた。

「お困りのようですね、陶蓮珠殿。そちらの方がおっしゃる『頭数』を僕がお貸ししましょうか。大型火器の取り扱いに慣れた技術力も含めて」

「千秋さん！」

現れたのは、凌国から来た絵師だった。ただし、鎧《よろい》をまとい馬上にある。

「……おまえ、どこだ？」

張折が千秋とその後ろに控えている騎兵を確認してから短く問う。

「いい聞き方ですね。……僕は凌から来た技術者ですよ」

張折が確認するように蓮珠を見た。

「凌国からいらした絵師さんです。宮城の庭園でお会いした方ですから、身元は確かですよ」

張折は何かを諦めた顔をして、視線を黒公主に移した。

「陶蓮の言うことで間違ってはいないのよ。彼は凌国からの使節団の一員で、相から王太子妃を迎えたことを報告にいらしたの。技術書の絵を描いていたそうで、絵がうまいから宮城の庭園の絵を残してもらおうと思って、しばらく絵師をしてもらっていたから」

蓮珠と黒公主の紹介を終えた千秋は、張折に微笑んで見せる。

「待て、待て。情報が多すぎる。技術者で絵師で使節団の一員ってなんだ？　……あげく兵を率いてここに出てきたのかを説明する話はねえのかよ。……ん？　千秋って言ったか？」

頭を抱えた張折だったが、最後に馬上の青年を見上げた。

「本来はチアキですが、こちらの方々には呼びにくいようで、センシュウと呼んでもらっています」

張折の表情が、一気に明るくなる。

「じゃあ、あんたが『西凌《せいりょう》の青龍《せいりゅう》』か。……若いな」

「そちらの名をご存じでしたら、僕がお貸しする頭数もご理解いただけますよね？」

張折と千秋の間でだけ通じ合っているようだ。

「もちろんだ。神出鬼没の青龍遊撃隊《ゆうげきたい》の助力はありがたい」

ここに至って、黒公主も『青龍遊撃隊！　本物？』と興奮した声で言った。翔央もその部隊名に驚き、続いて『ありがたい』と呟いている。

一人置いてきぼりな気分の蓮珠を振り向いた張折は、実に楽しそうな顔をしていた。

「……張折様、結局どういうことなのでしょうか？」

張折は蓮珠の肩に手を置くと、一気に早口でまくし立てた。

「すごいの連れてきたな、陶蓮。西凌に一領主として閉じ込められていた西凌侯の前に突如現れ、悪逆の王を打倒し、西凌侯を新王にまで押し上げたといわれる人物だ。その存在自体が凌国の守護・青龍と称される常勝の軍師だぞ」

理解が全く追いつかない。

「いや、張折様がおっしゃることのほうが情報多すぎですよ」

無情にも、更なる解説もないまま張折と千秋の話は進んでいく。

「張折殿。我々は慣れた攻城兵器無力化を担いますので、あとはそちらにお任せします。陣形演習を見せていただきました。その方面の用兵はお得意でございましょう？」

千秋は、いったいどこから見ていたのか。あれでも一応、軍事訓練として非公開なものだったのに。ただ、この状況にあって、張折がそれを気にすることはないようだ。

「任された」

千秋に答えた張折が、黒部族の小隊を含めた全員に作戦を説明する。

『……よし、今一度の確認だ。今回の目的は、火器の無力化にある。元都の宮城は人の力だけでは突破できない造りだ。その手前を切り開く武器を無力化できれば、相手側がすぐに挙兵するのは実質的に無理だ。自棄になったところで、退けられるだろう。あとは、この火器の無力化をいかに素早く行なうかだ。無力化自体は千秋殿の部隊でどうにかしてくれる。我々の役割は、彼らが無力化に専念できるように、その周辺の兵を火器に近づけさせないようにすることだ』

臨時用兵講師をしたことの影響か、張折の言葉に黒公主が連れてきた黒部族の者たちも真剣な表情で耳を傾けている。

とはいえ、台車一台にそれを引く馬を入れての馬五頭。相手に近づくために連れてきた例の商人を抜かせば、相国一団と黒公主と、彼女が連れてきた小隊のみだ。これでどうする気なのか。

相手が待っている場所は、もうすぐそこだ。白豹の報告であちらの構成はわかっている。将が五人、それぞれの指揮下にあると思われる部隊がいて、大型火器を乗せた台車とそれを動かすための兵がいる。火器がある強みと少数精鋭での短期制圧を考えている構成だと張折は見ているそうだ。

蓮珠がその張折を見ると、何を言っているか聞き取れない声でぼそぼそと呟いていた。そのぼそぼそとした声に叡明を思い出して見つめてしまう。傍らに、冬来がいないか探してしまう。

「現状では上の連中が前列にいるが、奴らは反転して火器を先頭に攻め込むための縦に長い戦列を組んでいる……黛部族の戦い方はたしか……よし。……主上。商人は小官と丞相、陶蓮で動かします。前方で騒ぎを起こしますから、兵は一時的に前方に動くはずです。主上と黒公主様で相手部隊の列と火器の間を突いていただきたい。前に来る者、火器に向かう者とを分断します。主上はそのまま火器のほうへ向かってくる兵を蹴散らしてください。遠慮なく暴れていただいてかまいません。その間に火器は千秋殿のほうでどうにかしてくれます」

張折は一旦区切ると、改めてその場の全員の顔を見てから続けた。

『一番重要なことを言うから、よく聞いてくれ。火器の無力化が成功したら、どんな状況であっても一旦全員宮城に引く。おそらく最初の騒ぎで、宮城側から人が出てくるから、宮城への経路は大きく迂回して戻るように。この場には、我々も千秋殿の部隊も居ないほうがいい。内政干渉の罪を問われるだろうから。……あと、黒公主様の部隊も今は無関係のほうがよろしいでしょう。部族間抗争であることが決定的になると、結局大きな戦いをしなければならなくなる。しっかり頭に入ったな？　全員、速やかに引いてくれよ』

全員が動きを頭に入れたことを確認し、張折は最終準備に入った。

こちらの言うことを聞くように買収済みの商人を先頭にその傍らに張折が立つ。李洸と蓮珠は金環の入った箱を持って運ぶ役割だ。金千環の半分であっても、とにかく重い。純粋文官体力の李洸と蓮珠は、この箱持つこと以外何もできそうにない。

前方に兵を引きつけるために先に勝負の場に出る蓮珠に、千秋が声を掛けてきた。

「陶蓮珠殿。いま震えていても気にしないことです。いざとなれば、君はどんな緊張する場面でも役割を演じることができる人ですよ」

励ましに頷いてから、いま言われた内容が頭を巡る。

「……身代わりだった私を知っている？」

千秋が遠ざかってから、蓮珠はそれを呟いていた。

「どうした、蓮珠？　緊張しているのか？」

「大丈夫よ、陶蓮なら。兵もワタクシと白鷺宮様で蹴散らして、そちらにはいかせないようにするから」

中間突撃組が蓮珠を励ましてくれた。

「いえ、そちらはお二人の技量を存じておりますので、お任せして問題ないとわかっているんですが……」

蓮珠は、自分の部隊と手順を確認している千秋の背を見た。

「千秋殿が気になるの？」

気になるというか、思い返すと色々不審な人物だ。

「その……あの方、どこで聞きつけてここへいらしたんです？」

「そういう不安か。俺は、神出鬼没の青龍遊撃隊なら、どこから現れてもそういうものかと思ってしまうからな。なにせ、西凌の青龍といえば神懸かった話の多い人物だ。張折ではないが、あれほどお若いとは思わなかった」

翔央は絵師ではない千秋を知っていて、しかも信頼度が高いようだ。たしかに、凌国は翠玉が嫁いだことで相国との間に強固な同盟関係を結べている。味方と思って問題ないといえなくもない。

「でも、ご本人は、見た目ほど若くないとおっしゃっていました。……東の海の向こうにある故郷で、役人をしていて、朝貢のために大陸へ向かったものの、海難事故でその役割が果たせぬ状態になっていたところを、いまの主に拾われたそうです」

朝貢の使者として故郷を出立してから、それなりの時間と苦労があって、いまでは凌王となった西凌侯と巡り合ったのだろう。

「朝貢?」

黒公主が首を傾げた。

「同盟や貿易等のつながりがまだない他国の使者が、貢物を持って来訪してくることだ。多くの場合、貢物を持ってきた国は、それを受け取った国に保護や承認を求める。相国も西海《せいかい》の有人島を国としている者から、朝貢を受けることがあった」

翔央が大国の皇家に生まれ育った者らしい受けた側の説明をする。

「ああ、そういうものなのね。威国の部族間のつながりより国単位の主従関係に近いのかしら。……じゃあ、その大事な貢物が海難事故でなくなってしまったということなのね。それじゃあ、使者であることを主張することもできないから、ただの密入国者扱いだわ。おかわいそうに」

国の使者という晴れがましい立場から一転して密入国者とは厳しい。

「蓮珠様。行きますよ」

李洸の声掛けで、蓮珠は金五百環入りの箱を手に翔央と黒公主に一礼してから離れた。

千秋のことは気になるが、いまは目の前の作戦に集中せねばならない。

商人が『黛部族長』と声を掛けた。

『来たか。待ったぞ』

『申し訳ございません。では、お持ちした金環と台車を……』

商人が言って、金環入りの箱を持つ蓮珠たちに道を譲ろうと横に退いた次の瞬間、商人の傍らにいた張折が動き、黛部族長の背後に回ると片手で両腕を抑え込み、その剣を抜いて首に当てた。

『誰も動くなよ』

近づこうとする黛部族の兵を威国語でその場に留まらせると、張折は背後の李洸に声を掛ける。

「李洸殿。華国の商人と交渉を」

「はい」

蓮珠も李洸に続いた。華国の武器商人は見た目に高大民族なのですぐにわかる。

「金環はここに。あれらの火器は、我々が買い上げます。よろしいですね？」

李洸の勢いに押された華国の武器商人が交渉に頷きかけたところで、黛部族の兵たちの背後から轟音が一発響いた。

『火器が奪われたぞ！』

あたりに響く大音声は、翔央のものだった。だが、そんなことを知らぬ威国の兵士たちは、恐らく初めて耳にしただろう大型火器の轟音もあって、大混乱に陥る。

「あの一発は、千秋殿だな。火器制圧完了の合図だろう。丞相、陶蓮。引き上げるぞ。あんたも来い、ここに残っていると殺されるぞ」

騒ぎの間に張折は手早く黛族長を持ってきた台車に括り付けていた。その上で、連れてきた商人を小脇に抱えて走り出す。

蓮珠は李洸と華国商人の前に置いた箱を持ち上げる。

「納品前に奪われたようなので、取引は不成立です。支払いは引き上げますね」

言うだけ言って、重い箱を手に張折を追って走った。

追いついたところで、蓮珠は素直な感想を口にした。

「意外です。張折様も剣を振るわれるんですね」

「そうか？　俺が戦場で生き残れるようにひと通りの武芸を仕込んだの、春礼だぞ」

春礼将軍は、相国四大将軍の一人で、翔央の武芸の師でもある。

「納得です」

商人を連れて前に行くのが三人だけと聞いた時は、それはさすがに……と思った。なにせ、李洸も蓮珠も戦力外だ。部族長を押さえこみ、前方に出てくる兵が動けないように本気の脅しを見せるのを張折一人で担うというのは無理に思えたのだ。だが、翔央は反対しなかった。張折の技量を知っていて、できるという確証があったのだろう。

「陶蓮。乗って！」

黒公主が馬で駆け寄り、馬上から蓮珠を引き上げた。李洸は翔央が引き上げる。

「さすがに公主として、丞相を引き受けて宮城に向かうのは問題があるので、白鷺宮様には我慢してもらったわ」

「我慢とか、そんな……」

蓮珠は金環の入った木箱を抱え直すふりをして俯いた。

「それで蓮珠。その箱を持って宮城に向かっているわけだけど、大丈夫なの？」

黒公主の問いに、蓮珠は顔を上げた。宮城に金環を持ち込めば、そこからは万兄弟の金環不正持ち込み問題が浮上する。

「その件で、考えがありまして、黒公主様と……千秋様にもご協力いただきたいのです。あとは、威首長にもご協力いただかないと」

そこで張折が小さく『うわぁ』とうめき声をもらした。

「陶蓮。ありゃあ、ご協力いただくには、なかなか骨が折れそうだぞ。相当お怒りだ」

ようやく見えてきた宮城の城門前に、威首長が立っていた。できれば近づきたくないほど、わかりやすく怒気を全身から噴き上げている。

「……宮城で大人しくしてなかったのは、不可抗力だと思うのですが」

宮城内で気絶させられて、運び出されたのだから。蓮珠の意志によるものではなかった。

ただ、多少の反省点はある。運び出されたことで翔央と合流できると喜んだことは認める。さらには、箱から解放されても、すぐに宮城に戻ることなく、黛部族と檀部族の企みを潰しに行っていた。宮城で大人しくしている気はなかった……と、とられても致し方ない。

城門から威首長に連行された先は、謁見の間だった。

「……言い訳を聞こうか」

玉座から蓮珠を見下ろす威首長は、低い低い声でそう言った。

蓮珠が言うだけ言ったら、また宮城の奥に入れて置く気満々に思える。

「まず一点言わせてください。この場の誰かに連れ出されたわけではありません。この場の誰のせいでもありません」

翔央や張折が宮城から連れ出したと思われては困るので、まずそのことを言ってから、経緯を説明した。

「……あえて言うなら、これは小官の不注意です。黒公主様に少しでも早くお会いする必要があったので廊下に出ていましたが、宮城を出るつもりはありませんでした。それが、まさか宮城の廊下走っていたら、首筋に一発くらってしまって、気絶させられたんです。そこからは、流れに任せるよりなく、箱に入れられて宮城から運び出されてしまいました」

誰かを見かけて足を止めようとした件は、ハッキリ見たわけではないので言わないでおいたが、すでに威首長のほうで調べ済みだった。

「その件では、すでに黛夫人と黛公主を捕えた。黛公主がそなたの顔を確認し、黛夫人がそなたを捕えて部族の幕舎に運ばせたそうだ」

檀部族長か例の商人かを通じて蓮珠の存在を知った黛部族長が、後宮に居る女性二人に大至急蓮珠を捕えてくるように命じたという話だった。

「この国で一番安全な場所だと豪語して蓮珠を閉じ込めておいて、この始末とは笑えない。この国の宮城は、ずいぶんと物騒ではないですか」

翔央が蓮珠を閉じ込めさせまいと横からいえば、張折が首を振って宥めた。

「……いや、主上。白奉城も他人様の城の安全管理を悪く言えませんからね。主上も幼い頃から色々と危ない目に遭っているでしょうが」

幼い頃からの色々を思い出したのか、翔央が押し黙る。

「さらには国賓の方々に関連する事でも色々なことが起きていますよね、用水路に落ちるとか、後宮で大火事が発生とか……」

「ワタクシも白奉城では門の上で暴れたり、夜の後宮を屋根伝いに歩き回っていたりしたわね。他人様の国でやり過ぎました。反省します」

黒公主が殊勝に反省を口にすれば、この場に呼ばれていたハルが笑った。

「そういえば、他人様の国で駆け落ちの手引きをしたな」

李洸がこれ見よがしにため息をつく。

「そのどれにもだいたい加担していらっしゃいますよね。主上も蓮珠様も」

口を挟む間もなく続いた証言に、威首長は玉座の肘置きを握りしめて、翔央に詰問した。

「相国は小蓮になにをさせているんだ？」

「あ、いえ……ほとんどは自分が考えてやったことなので……」

横から蓮珠が言うと、威首長はますます呆れた顔をして、先ほどの問いを繰り返した。

「……相国は、小蓮になにをさせているんだ？」

これには、蓮珠と一緒になってだいたいのことに加担している翔央が、気まずそうに視線を玉座の威首長から逸らした。

「……うちの国、なにがどうなっているんだろうな？」

翔央は李洸と張折に尋ねた。

「大変なことになっているから、ここに主上がおられるんでしょうが」

ごもっともである。なにごともなければ、翔央自ら威国に来る必要はなかった。それどころか、なにごともなかったのならば、いまも相国皇帝は叡明のままだろう。

「話にならんな。……小蓮。ここのほうがまだ安全だ」

絶対安全とは言えなくなったようだ。昔と変わらず、嘘のない人だ。ただ、少しだけ聞かれなかったから言わなかったことがあっただけだ。

「あの日々を知る者は、そなた以外にもう誰もいない。……そなたには、生きていてほしいのだ」

それは蓮珠も同じだ。在りし日の白渓の話ができる人は、もう威首長だけだ。威首長には——黒熊には、これからも生きていてほしい。

だが、そのことと蓮珠が威国の宮城に留められることとは、関係ないことだ。

「威首長。わたしは根っからの官吏です。相国官吏の多くがそうであるように仕事による多忙に充実を感じる気質です。だから、宮城の奥にそんなわたしを閉じ込めておくだけだなんて、そんなのは、わたしの『無駄遣い』です！　そもそも、わたしは仕事中毒なので、宮城の奥でのんびり過ごすなんて無理なんです！」

「ついに、仕事中毒を認めたか……」

翔央が呟いた。ほかの相国一団の面々は『知っていた』とばかりに頷く。それどころか、黒公主は声に出して同意した。

「たしかに、陶蓮は仕事人間だから、大人しくしていろと言うほうが無理だわ。それに、閉じ込めておくなんて、本当に『無駄遣い』よ。だって、陶蓮が歩けば厄介ごとが寄ってくるんですもの、たくさん厄介ごとを掘り起こしてもらわないと、もったいないわ」

黒太子が同意を示す。

「これは本人にも言ったことだが、陶蓮殿に国内を巡ってもらえば、隠れた国内問題が勝手に掘り出されてくると思う。そういう意味では威国に留まっていただきたいくらいだ」

城門で言われた件だった。再度お断りしようとしたが、翔央がこれを受けて、威首長を説得する。

「威国は威国で、蓮珠を何に使う気でいるんだか。……まあでも、宮城に閉じ込めておいたところで、どうせなにかしら起こるだろうから、諦めたほうがいいかと」

身も蓋もない言い方ではないかと思うも、黒公主がそれを繰り返す。

「実際、宮城に居たら、とんでもないものを目撃して、今回の騒ぎとなったのですから、やはり諦めたほうがいいと思いますよ、首長」

蓮珠以上に、威首長が頭を抱えた。

「……威首長。若い連中の容赦ない攻めからお救いしたく、小官から一つご提案を」

張折が、慰めるような声で威首長の視線を引くと、本当に蓮珠の処遇に関する一つの提案をした。

「今回の件、我々に任せてくれませんでしょうか。それで、陶蓮の今をご確認いただきたい。加えて、我々が今の陶蓮を任せるに値するか否かをご判断いただけますか」

一旦引き際と思ったのだろう。威首長は張折の提案を受け入れた。

「いいだろう。そなたたちが放置してきた黛部族の者たちと大型火器はすでに元都の捕吏に押さえさせた。……三日後、この件に関して部族会議を招集する。そなたらに発言を許すから、檀部族・黛部族、あの金環を持ち込んだ兄弟の処分を下すといい。今回の件をどう収めるか、見せてもらう。……納得いくものではない時は、大人しく後宮に入ってもらうぞ、小蓮」

玉座を立った威首長は、手で解散を告げると、無言のまま謁見の間を出て行った。

威首長の姿が見えなくなると、蓮珠は黒公主に後宮で聞いた噂の話をした。

「後宮と言えば、わたしが相夫人として後宮に入るという噂が流れているようでした」

黒公主が呆れた顔で否定した。

「さすがにそれはないわね。……でも、首長がやたらと後宮に置きたがるからそんな噂が出てくるのよね。ハルのことといい、いい迷惑だわ」

翔央は少しだけ首を横に傾けた。

「しかし、なぜ後宮なのだろう？」

「きっと、陶蓮殿を元都に留めておくためだろう。威国の後宮の夫人は男児を産まない限り本拠に帰れないことになっているからな。だが、首長は陶蓮殿を夫人の一人として扱いたいわけじゃない。つまり、ずっと帰れないということだ」

翔央の疑問に答えた黒太子は、多方面にお怒り中の黒公主の頭を撫でて宥めた。

「……噂では、同盟再強化のためというのが理由としてあがっていました。今回の部族会議でも、その話を持ち出されると非常に厄介ですね。どう回避すればいいやら」

李洸が小さく唸ると、翔央は記憶を探って唸った。

「叡明と冬来殿との婚姻に代わる国家間の結びつきが必要という話か。二人の成婚は、姉上の御輿入れより後だから、姉上が蒼妃となったことでは代われるものではないわけか」

「とはいえ、もう一人の公主でいらっしゃる白瑶長公主《はくようちょうこうしゅ》様は、すでに凌国の王太子妃として相国を出られた。相国と威国を新たにつなぐことはできないわけですな」

張折が眉を寄せる。

「白姉様が亡くなられた件を、国同士のつながりから見れば、たしかに相国が信頼回復のための新たなつながりを差し出す必要があるわ。……だからって、陶蓮が……」

黒公主が俯く。国の理論より個人の想いが優先されるのだろう、彼女は、眉を寄せているというより顔をしかめていた。

「以前、叡明は姉上に、『国家間の婚姻を破棄することができないと思い込んでいるだけだ。穏便に破棄する方法なんて百は思い浮かぶ』とか豪語したそうだが、その百の方法とやらをどこかに書いておいてほしかったな。……読めるかはともかく」

叡明の悪筆では、たとえ百の方法を書き残していても、誰にも解読できなくて、そのことが書かれていることを誰も知らない……なんてことがありそうだ。

「そもそも叡明の言う『穏便』なんてあてにならないからなぁ。まったく、姉上になにをさせるつもりだったんだか」

翔央がぼやくと、李洸が顔を上げた。

「その話、小臣も伺いましたね。なんでも……国同士の婚姻は破棄できないと思い込んでいるせいで、根底にある婚姻の意味が見えなくなっているからだとかなんとか……」

李洸が思い出しながら口にする叡明の言葉が、蓮珠の中に落ちてくる。

「……あ……」

蓮珠はその場で足を止めた。

「蓮珠？」

少し先を歩いていた翔央が戻ってくると、蓮珠はその手を取って歓喜の声を上げた。

「さすが歴史学者の肩書をお持ちでいらした叡明様です。……国家間の婚姻は破棄できないと思っているから破棄する方法が思い浮かばないだけです！」

これは、叡明のおかげだけではない。後宮で過ごした時間、蓮珠がたびたび張婉儀《ちょうえんぎ》の歴史講義を聞いていたおかげでもある。高大帝国以前の国家間のつながりを教えてもらっていたから、叡明の言葉の意味に気づけた。

「根本的な考え方が逆なんです。なぜ国と国とが婚姻という契約を結ぶ必要があるかから考えればよかったんです」

蓮珠が歌うように言えば、李洸が自身でも考えてみようとしているのか、蓮珠に問う。

「……国家間の婚姻は、なぜ成立するのか、ということですか？」

「国家間の結びつきを強めるためでしょう？　威国で言うと、部族間の結びつき」

黒公主の言葉で、李洸が蓮珠の言わんとすることに気づいた。

「いえ、この話では、もう一歩踏み込むわけですね。……国家間の結びつきを強めることには『利害の一致がある』から……ということでは？」

「そういうことです。国と国じゃない、商人同士で考えてみてください。取引相手と提携を結ぶのは、『契約することで大きな利益を得られる』からです。もっと小さく個人間の話でもいい。誰かと誰かが手を結ぶもっとも大きな理由は、太古の昔から『そのほうが、有利だから』です」

蓮珠は話しながら自分の頭の中を整理していく。

「つまり、この婚姻で生じる『有利』を上回るものを提示すればいいということです。そこを基点として考えれば、提示すべき『有利』が百は思い浮かぶ、きっとあの方はそうおっしゃっていたのだと思います」

そして、これが、ほかの問題と繋がるはずだと直感が告げている。

「正直言って、わたしを首長の夫人に迎えることには、なんの『利益』もありません」

蓮珠が続けた言葉に、翔央が反応する。

「蓮珠、それは……」

「そうよ、利益とか……」

黒公主もちょっと怒っている。蓮珠は言い方が悪かったと反省し、より細かな説明を意識して続けた。

「翔央様、黒公主様。最後まで聞いてください。……よろしいですか。元官吏、元皇后付き女官という公的な肩書ぐらいしかない者では、国家間の架け橋として弱すぎるんです。もう三日と持たずに橋が落ちますよ。人質としての価値が低すぎるんです。わたし如きでは、有事の人質の意味を成しません。わたしを喪ったところで、相国に不利益などないのですから」

今度は言葉を区切っても、二人は待ってくれた。なので、本題に戻す。

「ただ、『陶蓮珠を喪うこと』が、己の不利益だとお考えになる方々がごく少数ですがいるんです。……その最たる人物の一人が、威首長ご本人です。あの方が、とても大切に思っていた時間の記憶を共有できる者が、もうこの世にわたししかいないからです」

蓮珠は威首長にとっての自分の価値を十分に理解していることを示したうえで続けた。

「場が部族会議なら、威首長の提案を退けることが可能です。威首長以外の方々にとって、わたしを威国に迎えることに益はありませんから、威国にとっての益を提示することで、同意いただけるはずです」

蓮珠が言うことを張折が肯定した。

「そうか。威国の部族間の関係は宗主国と属国のような関係じゃない。首長の決定を、部族長たちの総意が覆すことも可能だ」

まとまりつつある話に、黒公主が蓮珠に確認する。

「その威国の利益に当てはあるのね？」

「はい。そこに関しては、別途考えていた手があるので。……ただ、以前にも申しましたように、黒公主様と……千秋殿にお手伝いいただきたいんですよね」

「ああ、それって万兄弟の件よね。まとめて片付ける気？　千秋殿を巻き込んで……」

自分の名が出たことに加えて、この場にいない者の名が出たことに、黒公主が反応する。

「はい。この場の誰も知らず、千秋殿だけが知っていることがあるからです。その知識をお借りすれば、形式が整うはずです」

黒公主が蓮珠の顔をじっと見てから笑みを浮かべる。

「勝ちに行く顔ね。いいわよ。首長には悪いけど、陶蓮に協力するわ」

蓮珠は拱手した。

「ありがとうございます。……威首長が、わたしを後宮に迎えようとしているのは、わたしを自身に対する脅しの道具に使われることを防ぐためなのかもしれません。そこには、わたしが威首長の……ひいては、威国の弱点になる。そうお考えになったからこその提案であると考えることもできます。弱点に使われてしまったら、国主としてわたしを切り捨てることしかできなくなるから」

蓮珠は一つの可能性としてそれを考えた。

「わたしを喪う選択はしたくない……というのは、それだけ威首長にとって、白渓で先帝陛下と過ごされたあの時間が、大切なものだったということですね。心の支えというより基軸なのかもしれません。失えば、心が機能しなくなってしまうような」

再会してすぐのころに聞いた話を思い出す。威首長は、先帝に会える日を楽しみにしていた。だが、逆はどうだったのか。先帝は威首長に会いたいと思っていたのか。それを聞けなかったことが心残りだと。

「せめて、先帝陛下のお心がどこにあったのか、それがわかれば違うんでしょうが」

叡明以上に、真意がどこにあるのかわからない人だった。威首長にとってかけがえのない白渓で過ごした日々は、果たして先帝にとってどんな意味を持っていたのだろうか。陶家に対して翠玉を託すだけの信頼はあった。だが、先帝にとって威首長がどのような存在であったかはわからない。

栄秋を出る前、上皇宮で少しだけ先帝と話す機会があった。威首長と会ったことがあるのか尋ねた蓮珠に、先帝は、たしか目を細めて頷いていた。きっと、威首長のことを思い浮かべていた。

「そうか……あの時の『だいぶ昔に停戦交渉で』って、白渓のことだったんだ」

冬来と話していて、先帝が来て、そのあとには叡明も。思えば、あの時の三人が三人ともいない。自分だけがここにいる。

「蓮珠？」

「いいえ。大丈夫です。……時間がありません、すぐに準備をはじめましょう」

いまは振り返っている場合ではない。蓮珠は翔央に笑ってみせた。

「それでは、準備の手始めに、翔央様に……いえ、相国皇帝陛下にお願いがございます」

「……それ、どうせまた事後承諾的な話なんだろう？　護衛の次は何をやれと？」

「いえいえ。ただ一言、『採用する』とおっしゃってくだされぱいいだけです。あとは李丞相が手続き書類を作成してくださいますから」

蓮珠の笑みに、翔央が悲壮な表情で肩を落とした。

部族会議は、伝統的に幕舎に集まって行なわれる。この日、部族会議のための巨大な幕舎が宮城裏の草原に設けられた。

幕舎の中は、玉座だけが置かれた謁見の間とは異なり、それぞれの部族長が座る椅子が置かれている。ただし、部族長以外は立位が基本だ。蓮珠たちは、威首長の座る黒部族長の椅子の斜め後ろに立っていた。

『集まってもらったのには、いくつか話したいことがあるためだ』

威首長はそう話の口火を切った。幕舎の内周に沿って車座に座っている部族長たちが、一斉に顔を上げた。同時にその身にまとう軍服に装飾された金具が音を立てる。その音が蓮珠を緊張させた。

部族会議では、北方騎馬民族の伝統で戦いに出る鎧姿に近い装束を全員が身にまとう。この場で争うためではない。この形式は、高大帝国成立より前、いまから五百年以上前にあった北方騎馬民族国家での決まりらしい。当時は、合議によって戦争開始が決められていたので、決定次第戦いに赴くために鎧姿で会議を行なっていたそうだ。

砂岩地帯に残る石窟宮殿遺跡からも、五百年以上前からこの形式がとられていたことを示す史料が出ているという。

それぞれの部族の代表が集まり、合議によって重要事項を決定するのも、そのころからの決まりである。

『まずは、すでに気づいている者も居るだろうが、黛部族長は本会議を欠席させた。南の武器商人より火器を手に入れ、元都を陥落しようと企んだ罪だ。未然に防ぎ、捕えてある。現状、部族としての処分を考えている。したがって、本会議では黛部族に対する処分と次期黛部族長の指名を行ないたいが、どうだろうか？』

黒公主が蓮珠に耳打ちした。

「実質的に最高刑よ。首長だけで処分を決める時は処分結果のみが表に出るから、交渉次第ではお目こぼしもあるけれど、部族会議だと全部が表に出てしまうので、その後も部族に対する影響が長く出るのよ。だいたい、部族会議のほうが処分の内容も厳しくなるわ。ほかの部族は、少しでも序列を上がりたいもの。黛部族みたいに序列が高いところは余計に厳しいでしょう」

蒼妃となった蟠桃公主が輿入れした際に、黛太子が起こした拉致《らち》未遂や喜鵲宮殺害未遂の騒動では慶事に水を差すことになるからという理由で、威首長が黛太子個人への処分を決定した。また、その後の白公主の相国輿入れの際の襲撃では、黛太子が返り討ちされ、次期族長候補でもある太子を失ったことを理由に、黛部族が威首長に部族全体への処分はしないよう願い出たことで、部族会議には掛けられなかったそうだ。だが、今回はそれを許さず、黛部族全体に処分が下ることになる。

『我々蒼部族は、度重なる黛部族の暴挙に、厳重なる処分を要求します。本音は本拠解体であるが、部族を残すのであれば、部族の長の家を変えるべきだ』

発言したのは蒼部族長だった。蒼妃の件があり、直接の被害を受けている部族は、本音として、部族解体まで望んでいることを口にした。それがどれだけ本気かは、部族長の傍らに立つ蒼太子の厳しい表情からもうかがえる。

『蒼の長が言うことはもっともだが、本拠解体となるとそのあとをどこが持つかで争いになるのは必定。大陸中央が完全に落ち着いたとは言い難く、西も落ち着いていないのであろう？』

序列三位の紫部族の長が蓮珠たちのほうをチラッと見てから続ける。西は大陸西岸の国である相国を指す言葉だ。紫部族は黒部族に近しい部族で、歓迎の宴にも長自らが出席していた。この会議に蓮珠たちがいることで、黛部族の処分だけが問題でないと察しているようだ。それを踏まえて言葉を続けた。

『序列を下げ、この会議で長を指名する。そのあたりが妥当ではないだろうか』

この紫部族長の発言に、多くの部族長が同意を示す。

それを見てから、威首長が車座のほぼ対面に座している檀部族長を指名した。

『檀部族はどう考える？』

本拠に蟄居となっていた檀部族長もこの会議には呼ばれていた。蟄居の命を受けた本拠への移動時に、武器商人から先に受け取っていた大型火器を元都の外に出し、黛に引き渡していたことは、想像できているが、引き渡し後は本拠に戻っており、今回の件に関わっていたという証拠がない。ここで、黛部族を庇うか、切り捨てて自分の部族の保身に走るか。それによって、これから先の相国側の出方を変えることになっていたので、蓮珠は檀部族長の発言を待った。

だが、檀部族長は、思いがけぬ方向に話を振ってきた。

『黛の処分決定の前に、お聞かせいただきたい。部族会議の場に関係のない者たちが居るようだが、どういうことでしょうか？』

檀部族長はそう言って、蓮珠たちのほうを指さしてきた。

『場に関係ないとは？』

『関係ないに決まっているではありませんか。黒公主が西から召したという女商人、黒太子が呼び寄せた兵法家に、通辞に、用心棒。それが神聖なる部族会議の場に相応しいと？』

檀部族の序列は低く、さらに黒部族との距離もある。相国一団についての公式紹介がないこの場では、その副業しか知らない檀部族長にとって蓮珠たちは圧倒的に部外者だ。それどころか、こちらに発言してほしくないことが多い。さっさと出て行ってもらいたいところだろう。

「威首長様、発言をお許しいただけますでしょうか」

通辞と言われた李洸が、糸目をさらに細くして、にこやかに威首長の前に跪礼する。

「……許す。最後まで進めよ」

「御意」

威首長の許可を得て立ち上がった李洸は、場の全員に対して改めて跪礼した。

『相国丞相、李洸にございます』

滑らかな威国語に、短期間にここまでと驚くのは蓮珠だけで、部族長たちは通辞と言われた男が丞相であることに驚いていた。この場に皇帝もいるとわかっている蓮珠からすると、ここで驚いていいのか、と思うところだ。

『小臣は、こちらに居られます相国の新たな皇帝陛下の即位に伴いまして、同盟国である威国にご挨拶に伺いました』

李洸が翔央を紹介すると、それはそれで騒ぎになるが、中には『新皇帝？　喜鵲宮ではないのか？』という声が含まれている。

『今更の挨拶となり大変申し訳ない。叡明……喜鵲宮の双子の弟だ。この度、兄の崩御により相国皇帝の座に就いた。その……兄とは異なり、威国語が拙《つたな》く耳障りですまない』

翔央は、少し難しい言葉を口にするたびに、蓮珠たちのほうを少し振り返って合っているか確認しながらの挨拶を終えた。

場が呆然としている。叡明の印象が強いのだろう。叡明は最初から完璧な威国語を話していた。その叡明に比べると、翔央は微妙につたない威国語で話し、言葉の選び方もやわらかだった。

『なるほど。蒼妃が言っていた同じ顔した可愛いほうの弟とは、貴方の事でございましたか。お会いできてなによりだ』

蒼妃のその話を知っている部族長が何人かいたようで、そこかしこで納得の声が出てくる。これに青ざめたのは、檀部族長だった。

『通辞が丞相で、用心棒が皇帝……？　そんなバカなことが……』

これればかりは蓮珠も同意する。だが、容赦ない元軍師が追い打ちをかけた。

『ついでの自己紹介になりますが、元軍師、いまは上級官吏の一人として、皇帝陛下をお支えする臣下の一人となっております張折と申します』

相国と威国の戦争は遠い昔ではない。『逃げの張折』の名を知る者はこの場に居て、お互いに危険な視線の交換をしている。

ここで威首長の傍らに立っていた黒太子が進み出た。

『張折殿は、先日の用兵講座で臨時講師をお願いした方だ。部族の者を出した長の中には、得るものがあったとの言葉をいただいている。頼んで良かったと感じているが、いかがだろうか？』

得るものがあったのだろう、何人かの部族長が頷いている。

檀部族長の表情が徐々に曇っていく。黒部族と距離がある檀部族には声が掛からなかったのだろう。知らないのも致し方ない。だが、部外者として出て行ってもらう目論見は外れた。

『……そ、そこの女商人は？』

檀部族長が最後に、やや震える手で蓮珠を指さした。

『陶蓮は陶蓮よ』

すかさず黒公主が答える。

『陶蓮は、庭師の榴花と朱景をワタクシに紹介してくれた者なの。あと、蒼妃様とワタクシが最も信頼する大衆小説の目利きでもあるわ。ワタクシ個人にとっては大事な友人よ』

宮城裏の草原の一角に、高大民族的な庭園を作り上げた二人の庭師のことは、部族長や太子の間でもよく知られている。その紹介者ということで、場の空気が少し和らぐ。

『それから、相国では、皇后宮の筆頭侍女だったこともあるし、その前は上級官吏として張折の部下だった時期もあるわね』

黒公主は、たたみかけるように蓮珠の紹介を続ける。

『さらには、白姉様の影だったし、幼い折には旅先で倒れていた首長を助けた命の恩人でもあるわ』

とどめを刺すような経歴に幕舎内がさらにざわめいた。

『それに、いまから我が国にさらなる益を与えてくれる人よ』

そう紹介に追加した黒公主に、場の誰かがどういう意味か問う前に、黒公主が蓮珠に前に出るよう促した。

『黒公主様。過分なお言葉によるご紹介、ありがたく存じます。威首長様、発言をお許しいただけますでしょうか？』

『いいだろう』

形式的なやりとりのあと、蓮珠は幕舎内を見まわしてから話し始めた。

『我が相国では、大陸中央から見て北西にある乾集落とつながりがございます。皇家末弟の雲鶴宮《うんかく》様も、現在乾集落に滞在し、政を学んでおられます。……この乾集落より我が国に、坎集落に関するご相談を受けました。坎集落は大陸中央を席巻した右龍こと龍義の支配下にありましたが、右龍側が大陸中央から撤退したために支配から解放されました。ですが、集落の産業を守るためには、新たな後ろ盾を欲しているということでした。ただ、相国では坎集落とは産業を庇護するにも距離が遠くございまして……』

蓮珠は言葉を区切ると少し間を開け、相国の面々と視線のやり取りをして、国の上の方々から了承を得て発言していることを見せてから、話を再開した。

『相国では、威国にその役割をお願いできれば、との結論に達しました。我が国は、あくまで仲介の立場として、威国に坎集落をご紹介したく存じます』

蓮珠は二歩前に出ると、手を伸ばし、幕舎の出入り口のほうへ場の者たちの視線を誘導した。

『そこでこのたび、坎集落の代表者を呼び寄せ、威国への朝貢を促しました』

幕舎の出入り口の幕が上がり、坎集落の代表者と金五百環が入った木箱をそれぞれに持つ万兄弟が入ってくる。二人は幕舎内に『郭華』を見つけ一瞬安堵の表情を浮かべたが、その人物が明らかに高位の正装をまとっていることに気づいて、まったく同じだけ口を開き呆然としている。さすがに集落の代表者は事前に聞いていたようで、二人に声を掛けて姿勢を正させた。かなり緊張している様子だが、なんとか前に進み出てくれた。

『坎集落よりの貢物、金千環にございます』

場が一気にざわめき、椅子を立った部族長も居た。

『それは……！』

椅子を立った一人、檀部族長が前に歩み出る。万兄弟が危ない、そう思って駆け寄ろうとした蓮珠の足をも、底冷えする低い声が止めた。

『檀部族長、どうした？』

その場に足を止められた檀部族長が、蓮珠のほうを睨み、首長に訴えた。

『首長。これはあまりに出来すぎた話だ。どこの国のものとも知れぬ金千環をいかにして元都に持ち込んだというのです？　その女は金を不正に持ち込んだ罪人です。絶対に裏がある。必ずや首長の身に害を及ぼすことになります！』

これには威首長は椅子を立つと、檀部族長を頭上から見据えて応じた。

『見くびってくれるな。小娘に寝首をかかれるほど老いぼれてはおらんぞ』

怯んだ檀部族長が、自身の座っていた椅子へ後退する。

蓮珠は後方を振り向くと、翔央、李洸、張折に視線を送り、確認を取る。三人が頷くのを見てから、視線を黒公主に移した。彼女はニンマリと笑んで、蓮珠に小さく相国語で言った。

「やっちゃいなさい、陶蓮」

その言葉に後押しされて、蓮珠は檀部族長のほうに向き直ると、皇后の身代わりとして蓋頭の下で鍛えに鍛えた優雅な笑みを浮かべて見せた。

『檀部族長様は、千里眼《せんりがん》をお持ちでございますね』

皇后の笑みを作ると、自然と口調もやんわりと優雅なものになる。

『まだ開けてもいない箱の中の金千環、そこにどこの国のものであるかを示す刻印がないことにお気づきとは』

この場の全員が聞いているはずだ。少なくとも、相国一団と黒公主は聞いた。

『それに……、小官は相国の官吏でございますので、貢物の持ち込みを咎められることはございません』

各国の使節団が持つ外交上の特権といわれるものだ。貢物の定番である茶葉・絹・金銀などは国の管理下にある生産物である。無許可での持ち出しも持ち込みも禁じていることが多く、交易品として扱うにも輸出側・輸入側の双方の国の許可が必要になる。だが、使節団の貢物は別だ。相手の国の国主の御前に『こちらをお納めください』と差し出す以前に、相手の国側が内容確認することはない。

『官吏……、元官吏でいまは……』

『いいえ。この陶蓮珠、正式な相国官吏にございます。黒公主様のご紹介でも『陶蓮』と。こちらは愛称ではなく、相国上級官吏だけが皇帝陛下より賜ることができる官名にございます。この名で呼ばれること自体が、上級官吏の証なのです。ですから、黒公主様は、小官のことを陶蓮は陶蓮だとおっしゃったのです。思い出してください、黒公主様は現役の官吏ではないとは、一言もおっしゃっておりません』

蓮珠は後宮式の礼でなく、官吏として威首長の前に跪礼する。

「やってくれたな、小蓮」

その相国語の呟きは、苦笑を含んでいた。

蓮珠は、どの国のものでもない金千環を、万兄弟でなく自分が坎集落を促して持ち込んだことにした。これが許されるのは、外交上の特権、蓮珠が相国使節団の一人である国使だからこそのことである。蓮珠が官吏でなければ、檀部族長が言うように、金の不正持ち込みの罪を問われることになり、極刑は免れない。

だから、威首長は蓮珠が官吏であることを認めざるを得なくなるのだ。

さらには、現役官吏は、国家機密の保持のために他国に嫁ぐことができない。官吏を辞めるとしても、最低でも半年程度は期間を開けることが国家間での暗黙の決まりごとになっている。いまの蓮珠を威国の後宮に入れることは、威首長であってもできない。いや、首長だからこそ、ほかの国との関係上できない。そして、後宮に入れることができない蓮珠を、威国に留めることは、実質不可能なのだ。

蓮珠は、翔央に相国皇帝として任官の権限を発動してもらった。以前、威首長が言ったように、国主は己の一存で官吏を任用することができる。皇帝と丞相が揃っているのだ、多少の無茶もまかり通る。もちろん、無茶を通したことは、官僚主義国家である相国で批判にさらされることになるだろう。場合によっては、官職を剥奪され、二度と官吏登用を許されないという処分を受けるかもしれない。それでも蓮珠は守るべきものを守り、断罪すべきものを断罪する舞台を整えたのである。

『それで、檀部族長。……刻印がないなら、なんだというのだ？　自分のものだとも言う気であったか？　それとも、威国への貢物を一部族で独占しようとしていたか？』

『そのようなことは決して！』

即座に威首長の目の前まで出てきて否定した檀部族長だったが、威首長は逃げるのを許さなかった。

『そうか。では……黛部族との二部族で使うつもりでもあったのか？』

檀部族長が言葉に詰まる。

『東の市場で貢物を運んでいた坎集落の者を襲わせたな？』

追及に、ほかの部族がざわめき出す。檀部族に太子がいなくて良かったと蓮珠は思う。この空気の中で、部族長の傍らには立ちたくないだろう。

『それは、金の不正持ち込みをした者を捕えようという……』

絞り出した檀部族長の言葉を、威首長が遮る。

『その襲撃者を退けたのが、相国皇帝陛下と陶蓮だ。面倒見の良いことだな、朝貢の使者の安全も見守っていたのだから』

鷹揚《おうよう》に笑った威首長は椅子を立つと、檀部族長に歩み寄る。小刻みに震えるその肩に手を置いた威首長は、少し身を屈めると耳元でささやいた。

『その時から、この結末に至る道は出来ていたんだ。いいかげん諦めよ』

身を戻した威首長が、檀部族長の肩を、置いていた手で二度ほど叩いてから、自分の椅子に戻る。力が抜けたのか、檀部族長が膝から崩れた。

「坎集落の者よ。我が国の名を騙った搾取が行なわれていたと聞いた。今回の貢物の返礼として、威国は威国の名を騙った者たちからそなたらを保護すると約束しよう。……この保護は属国化のようなものを意味するわけではない。できれば、坎集落とは交易関係を結びたいと考えている。どうだろうか？」

坎集落の代表がその場に跪礼したのを承諾として、威首長は満足げに頷いた。

『よい。坎集落からの使者を丁重にもてなせ。……さて、檀部族には、相国および坎集落という両国賓に対する過度の無礼があったということになったな。では、檀部族長にはその地位を退かせ、新たな部族長については、黛部族と同じく、部族長会議での指名とする。紫部族長の提案どおり、本拠解体までは行なわない。国内の混乱は最低限に留める方針でいくとしよう』

淡々と処分を告げた威首長は、幕舎全体に響く声で会議終了を告げた。

『この決定を以《も》って、本日の部族会議は終了とする』

威首長は、ここで視線を翔央に向けた。

『最後に、新たな相国皇帝陛下よ』

これも幕舎全体に届く声で話した。

『坎集落との良き縁を結んでくれたことに感謝する。……相国と威国の同盟関係は今後も変わらない。新たな皇帝の即位に心からの祝意と、後ろ盾となる約束をしよう』

各部族に対して、相国新皇帝の後ろ盾には自分がいるという宣言だった。それに比べると、続く言葉は翔央一人に向けられた言葉だった。

『父と兄の死を背負《た》って玉座に座る覚悟ができた者を、両国発展の期待とともに見送ることとする。元都を発ち、凌国へ向かうがよい』

そこで区切った威首長の目が蓮珠を見た。

『……相国一行全員の旅路の安全も祈るとしよう』

全員の旅路。その言葉の意味を噛みしめ、蓮珠は今一度、威首長の前に跪礼した。

「……今度こそ、お別れだ、小蓮。金剛石がこれからもそなたを守ってくれる。もう、俺が身を挺《てい》して守らねばならない幼子ではないからな」

消えてしまいそうな小さな声で告げられた別れが、蓮珠の心に沁みて広がる。

顔を上げた蓮珠は、幕舎を出ていく威首長の背をただ見つめていた。

第八章

鶴寿千歳

〔かくじゅせんざい〕

相国の一団が元都を出立する日。蓮珠は黒公主と二人で宮城裏の草原を歩いていた。出発前に庭園を観に行くためだった。

庭園近くに設置された幕舎では、今日も部族会議が行なわれている。議論の中心は、黛部族と檀部族の処分に伴う新たな序列決定と二つの部族長の指名についてだという。

それらは確かに急ぎ決める必要のある議題だが、相国一団の出発日に部族会議を招集した威首長の決定に、自分を見送りたくないからではという考えが蓮珠の頭を離れない。

「部族会議が気になる？　大丈夫よ。内乱が起きるような処分決定は行なわないから」

黒公主は、黒部族の公主として聞いている範囲の結末を教えてくれた。

「最終的に黛部族の罪のほうが重かったから、序列は大きく後方に下がることになるわ。それでも元の序列が二位だったから、最下位にはならないでしょう。でも、檀部族は、黛部族ほど大きな罪には問われなかったけれど、元の序列が低いから最下位まで下がることになるでしょうね」

処分については、威国が決めることなので、蓮珠に異存はない。今回、このような形であったが、威国の政の一端を見ることができた。蓮珠にとってこれは希少な体験だった。

「序列の考え方も特有ですが、二つの部族の長をほかの部族の長たちが話し合いで決定するというのも我々にはわかりにくいところです」

「そうね。……ひとつの部族内はいくつかの有力氏族があって、部族会議決定で族長を指名する場合は、たいていこれまで夫人を出してきた氏族とは別の氏族の者を指名することが多いわ。巡り巡って、太子を出す氏族が変わることになるの。太子は次期首長候補であると同時に部族長候補でもあるわけで、部族長を生んだ夫人の氏族は部族内で大きな影響力を持つものだから」

黒公主は少し考えると、相の政治機構に置き換えて説明してくれる。

「相国の政で考えると、部族は朝議での派閥のようなものね。不祥事起こした派閥は、ほかの派閥から責められるし、皇帝陛下は朝議の場で派閥の長に処分を下すでしょう？　皇帝陛下は、別派閥の者や同派閥でも不祥事に関わらなかった者を選んで、後任の部署の長に据える。処分された派閥は朝議での発言力・影響力が下がる。……それが、序列が下がるということと同じだと思うわ」

蓮珠は黒公主の話に納得し、関連して気になっていたことを尋ねた。

「黛夫人と檀夫人が後宮を辞したのも、今回の処分で部族内の夫人を出す氏族が変わるからですか？」

「そういうこと。夫人がそのままじゃ、太子生んだらまた部族内の力関係が元に戻ってしまうから。……黛公主と檀公主も同じような理由で公主の位を辞したわ。ほかの部族に嫁ぐことで、氏族の影響力が残っては困るから。たぶん二人は部族内でも部族長を出さない家に嫁ぐことになると思うわ。でも、公主としてほかの部族に嫁がされるよりは、肩身の狭い思いをしなくて済むから、公主を辞して良かったんじゃないかしら」

言葉を交わしたことのある二人の公主が宮城を去ったことに、蓮珠は少し心が痛んだ。部族という背景なしに出逢っていたなら……。そう思ってしまう部分がある。だが、これは黒公主の前で出すべき思いではないだろう。威国の部族の問題に口出しするようなものなのだから。蓮珠は、感傷をふり払って、つい先ほど黒の第一夫人に出発の挨拶をしたときのことに話題を変えた。

「……いずれ新たに夫人がいらっしゃるのでしょうが、一時的に黒部族の夫人だけになってしまったんですね。……そのせいでしょうか、黒の第一夫人から『寂しいからもう少しここに残らないか』とのお言葉を賜りました。目が本気で、ちょっと怖かったです」

「留めておきたいお気持ちは本気だと思うわ。黒の第一夫人は、白姉様の養育をされたから、娘を失ったようなものですもの。だからこそ、白姉様の影だった蓮珠のことも気になるのではないかしら。……首長から預かった途端に攫われるんだもの、心配にもなるわ」

黒公主は太く長いため息をついた。半ば、呆れているようだ。

「陶蓮がなにごともなく凌国に着けるのか、ワタクシも心配だわ。……そういえば、白鷺宮様は出立準備？　それともまだ例の双子の兄弟との別れを惜しんでいるの？」

蓮珠についてきているのは、魏嗣と紅玉の二人だけだった。

「別れを惜しんでいらっしゃるというのは、そのとおりです。自分が二人を集落まで送っていくから、まっすぐに凌国へは向かわずに坎集落に寄っていこうと言い出された時は、李洸様と張折様が危うく総白髪になるところでした。万兄弟はともかく集落の代表の方から全力で断られて、なんとかまっすぐ凌国に向かっていただけることになって本当に良かったです。当初の契約通り、万兄弟が元都を出るところでお別れしました。いまは……蒼妃様に出立のご挨拶を。本当は、小官もご挨拶すべきところですが、姉弟お二人のほうが良いのではないかと思いまして」

そう言って俯いてから、蓮珠は首を横に振り、自身の発言を否定した。

「……嘘です。わたしが蒼妃様にお会いする勇気がなくて」

黒公主が足を止めた。合わせて足を止めた蓮珠が顔を上げると、黒公主が静かに微笑んでいた。

「陶蓮の判断で間違っていないと思うわ。いまはお二人で会うほうがいいでしょう。陶蓮は、少し時間が経ってから、また元都に来て、その時に会えばいいのよ」

蓮珠の頷くのを見て、黒公主が笑みを深くする。

「また元都に来てね。会いに来ないと押し掛けるから。ワタクシは首長と違って手紙のやりとりだけで何年も会わないとか無理だから」

「はい。また、必ず来ます」

蓮珠も笑ってみせた。

「そうして。……その時は蓮珠だけでなく、李洸や張折にも来てほしいわ。二人とも、出発のギリギリまで副業に追われる人気ぶりですもの」

李洸は翻訳のために使う簡易辞書を残していくことになった。威国の翻訳担当が書いた威国語の横にそれに該当する相国語を併記していくというとても簡単な形式のものなのだが、一語でも多く残していってほしいと翻訳担当に請われて、出発直前まで相国語併記作業をすることになった。

張折は、用兵講座の受講者がお別れの挨拶という名の質問攻めに訪れ、朝からずっと追加講義を行なっている。

「あと、秋徳にも来てほしいわ。ワタクシの侍女もお茶の淹れ方講座を受けさせたんだけど、やっぱり秋徳が直接淹れたお茶に慣らされた身としては、どうにも物足りない感じがして……。お茶の専門家として雇えないかしらって、真剣に考えちゃう」

心底惜しむ表情で黒公主が言う。あとで秋徳に伝えよう。きっと喜ぶだろう。雇用については拒否するだろうけど。なにせ、秋徳は翔央の忠臣だから。

「それにしても、相国って本当に有能な人ばかりよね。特に、官吏。さすが大陸史上まれに見る官僚主義国家と言われるだけあって、優秀な人材がそろっているわ。陶蓮だけでも、うちの官吏になってくれないかしら」

半分本気の声に蓮珠はやんわりとお断りする。

「小官は相国の官吏ですから」

「そうね、それが一番陶蓮らしいわ。それに、相の官吏じゃないと遠慮なく『陶蓮』て、官名で呼べないから」

蓮珠は大きく首を傾げた。

「遠慮なんてしていましたか？」

黒公主はニマッと笑っただけで答えなかった。

「まあ、わたしなんて李洸様や張折様に比べたら官吏としてまだまだです。一人では何もできないのだと、今回の件で改めて自覚いたしました。最強の官吏への道程は長いです」

蓮珠の総括と今後の目標を聞き、黒公主が止める。

「これ以上、強くなってどうするのよ。さらに無茶しそうで不安だわ。今回だって、一歩間違えば極刑だったんだからね」

冗談でなく本当のことなので、蓮珠は深く黒公主に頭を下げた。

「黒公主様には今回も助けていただきました。早馬で坎集落の長を迎えに行っていただいたことで、朝貢の体裁が整いましたから。さすがに若い万兄弟だけでは、朝貢が後付けだとバレてしまいますので」

黒公主が顔を上げるように蓮珠を促してから、部族会議でのことを口にする。

「万兄弟が不正持ち込みした金環を、朝貢の貢物ってことにしちゃうだなんて、よく思いつくものだわ」

「あれは、千秋殿に朝貢の話を聞いていたおかげです。千秋殿にはほかにも坎集落の長と万兄弟に短時間で朝貢の作法指導もしていただきました。ですが、千秋殿の功績は、なんといっても、黛部族の火器使用を未然で止めてくださったことです。あの援軍がなければ、数の差から考えて相当厳しい争いになっていたでしょうから」

下手をすれば、あの瞬間から威国の内乱が始まっていた。

それを思い二人で沈黙したところに声が掛かる。

「陶蓮珠様。ようこそお越しくださいました。本日は、私が庭園を案内させていただきますね」

「朱景さん！　……あれ、お一人ですか？」

朱景一人というのは珍しい。榴花公主と朱景は常に一緒に居るという印象が強い。二人が並んでいなかったなんて、榴花が栄秋で攫われた時ぐらいではないだろうか。

「榴花様は、相国の方々と同時に出立なさる千秋様と納品していただく庭園の絵の最終確認中でして……。最後にお会いできないことをとても残念がっていらっしゃいましたよ。次に元都にいらっしゃるときは、ぜひもっとゆっくり見に来てください」

朱景に黒公主が同意する。

「ほんとうよね。庭園づくりの当初から陶蓮に見てもらう話をしていたのに、今回は宮城に入るまでの期間と宮城から出られない時間があったから、ゆっくり庭園を見てもらえなかったわ」

蓮珠としても見足りないとは思う。でも、時間をかけて細かく見た庭もあるにはある。

「千秋殿の案内で、二つの庭だけ、じっくり見せてもらいました」

「二つですか。……造園当初は、五作品の庭の再現でしたが、現在は七作品の庭を再現した庭園になっています。季節で作品を変えたものもあるので、いま見ている景色は、次に来ていただいた時には変わっているかもしれません」

朱景の説明に蓮珠は驚いた。今の庭は、今しか見られないものだったとは。

「元になっている作品に春の庭が多いので、春に来ていただくとより楽しめますよ。でも、先日作業して整えた秋の庭も趣深い景色になったので、ぜひ見ていただきたいです」

朱景の強い推挙により、その造られて間もない秋の庭を見ることになった。

「こちらになります。舞台作品が元なのでそれほど広くはないのですが、木々や石の配置や彩の重ね方に華国式庭園を感じさせるものになっています」

蓮珠は庭に足を踏み入れたところで一歩も動けなくなった。

そう広く無い庭だった。水場もなく、木々とそれほど大きくはない石の配置で色味を出している。地味だが、優しく包み込む秋がそこにあった。

「……これは、なんという作品を再現した庭なのですか?」

庭の景色を見つめたまま、背後の朱景に問う。

「これは『秋冬歌《しゅうとうか》』ですね。元が相国の劇で、人気があり、あとから大衆小説にもなった作品だと聞いています。原作者は、白誠《はくせい》。陶蓮珠殿なら、ご存じの作品かもしれませんね。再現度はいかがでしょうか?」

蓮珠は、言葉が出てこなかった。黒公主が黙ったままの蓮珠に問いかける。

「どうしたの、陶蓮?」

白誠は、先帝が劇の興行主として名乗っていた名だった。翠玉は誠さんと呼んで、通っていた劇団で、『秋冬歌』は、その劇団の代表作と知られるものだ。

「翠玉が、劇中の庭が上皇宮にあったと言っていたのですが、わたしは見ていなくて。そうですか。『秋冬歌』の庭を再現すると……こんな庭なんですね……」

これは、白渓にあった陶家の庭だ。朱景が言っていた木々と石の配置と色の重なり方に特徴があり、華国出身の母が整えた庭だった。いまではもう何もない更地になってしまった故郷にたしかにあった庭だった。

初秋になると、冬が来る準備として、黒熊が邑に様々なものを運んでくる。それに時期を合わせて、白猫も陶家に来ていた。初秋の夕暮れ、父を含めた三人の男が並んで座り、庭を眺めていた。庭に植えられた棗の木から採った実を肴に酒を呑んだりして……。時たま笑い声が聞こえて楽しそうだったが、兄からは大人の男同士の話し合いだから邪魔しないようにと言われ、遠くから眺めているだけだった。

実が色づいた棗の木を眺める位置で、蓮珠は、あの頃の三人の姿が見えた気がした。

「陶蓮？　どうしたの、泣いているわ……」

声を掛けられて、蓮珠は慌てて涙をぬぐった。涙をぬぐいながらもう一度庭のほうを見れば、今度は一人庭を眺めて酒器を傾ける白猫の背中を見た気がする。

上皇宮にも同じ庭があったと翠玉が言っていた。先帝が上皇宮に入ったのは、叡明が即位してからのことで、三年ほど前。そこから、この庭を造らせたのだろうか。ただ一人、誰にもあの日々のことを語ることなく。そこに、どんな思いがあっただろう。

「……伝えなきゃ。黒公主様、わたし、ちょっと黒熊おじさんを呼んできます！」

「え？　部族会議中なのに⁉」

驚く黒公主に一礼して、蓮珠は部族会議が行なわれている幕舎へ走った。

秋の庭は、先日整えられたばかりだ。威首長はきっと知らない。

もしかしたら、あの庭を眺め、二人並んで白渓での日々を語り合う未来があったのかもしれない。叶わなかった。でも、上皇宮で造らせた庭を眺め、先帝はそんな日が来ることを思い浮かべていたはずだ。

幕舎の前の護衛が驚き、止めるのもかまわず、蓮珠は幕舎の入り口の幕を勢い良く上げて中に入った。

「おじさん！　来て！　庭を、あの庭を見て！」

なぜだろう。再会してからずっとこうだ。威首長の……黒熊の前では、子どもの頃のように言葉が足りなくなる。あの夏の夜、焼け落ちる故郷から逃げた時、幼い翠玉の手を握って、大人にならなければならないと思った。そうやって自分の奥底に封じこめたはずの、あの頃の自分が、まだ十二歳でしかなかった自分が、黒熊を前にするとあふれ出てきてしまうのだ。

「小蓮、落ち着きなさい！　庭なんて後からでも……」

威首長は蓮珠を宥めようとする。それを振り切って、蓮珠は訴えた。

「駄目だよ、おじさん！　白猫さんの残したものは、いまのおじさんにこそ必要なんだから！」

白猫の名が出たことで、威首長は蓮珠に引っ張られて会議中の幕舎から出た。

熊に譬《たと》えられる巨躯を、小柄な蓮珠が引っ張って庭園の奥へと入っていく。

そして、ほかの庭園に比べると地味でこぢんまりとした秋の庭に出た。

「これは……」

威首長はそこで絶句した。

「陶蓮、本当に首長を連れてきちゃったの？」

蓮珠に駆け寄った黒公主は、無言で庭を見つめる威首長の様子を訝《いぶか》しんだ。

「この庭になにかあるの？」

黒公主が蓮珠に耳打ちした。応じる蓮珠は、まだ棗の木から目を離せずにいた。

「この庭は……わたしの家の、白渓の邑にあった実家の庭なんです」

蓮珠の呟きに、朱景が納得する。

「ああ、だから、華国庭園的な配置や色なんですね」

蓮珠の母、朱黎明《しゅれいめい》は華国の出身で、双子の母である朱皇太后の相国輿入れに付き添う女官の一人として相国に来た人だった。その根底にある華国的なものが庭に出ていたのだ。

「黒熊おじさんがうちに来ると、示し合わせたように白猫さんもうちを訪ねてきていました。お二人は、よく庭を眺めながら、父の造ったお酒を呑んで過ごしていました。……わたしの家は、威国首長と相国皇帝の密会の場だったようです」

蓮珠は黒公主と朱景にそう告げると、威首長に歩み寄った。

兄に幾度も注意されていた。家に来る旅人のことは、けっして外で話してはならない、と。その意味が、今更になってようやくわかった。当時、まだ威国との戦争は終わっていなかった。二人の密会は、それを終わらせるための、水面下の話し合いだったのだ。互いの肩に国の未来を背負った、誰にも知られてはいけない密会だったから。

でも、国の未来と同じか、それ以上に、あの二人は……。

「首長……いえ、黒熊おじさん。翠玉が言っていました。この庭の元になった作品『秋冬歌』に出てくる庭が上皇宮にあった、と。きっと白猫さんは、上皇宮に造らせた庭を眺めて、ずっと楽しみにしていたんだと思う。おじさんに会える日を、また一緒にお酒を飲んで過ごす日が来るって信じていたと思う」

蓮珠は、威首長の袍の袖を握った。

「……だから、きっと最期の瞬間まで、白猫さんはおじさんとの約束を忘れてなんかいなかったと思う」

劇中には『庭に木を植えるなら、一本の棗の木を。採れた実を分け合って、君と二人、飽くまで語り合うために』という台詞《せりふ》があるのだ。それは、きっと白猫が黒態に向けた言葉だ。

「白猫さんは……先帝陛下は、威首長との約束を最期の最期まで守ったから、あれを『私闘』にしたんだと思います。……戦いのない国で、会おうって約束だったんでしょう？　だから、華国との戦争にならないように、その争いが同盟国である威国に及ぶことがないように。そのための『私闘』だったんだよ。……おじさんとの、約束だったから」

蓮珠の言葉遣いはぐちゃぐちゃになり、顔も涙でぐちゃぐちゃになっていた。

黒態は庭の落ちた棗の実を拾うと、握りしめた。

「……至誠……」

それ以上の言葉はなく、ただ涙だけが静かに零れ落ちた。

終章

威国側は、相国一団を街門まで見送りに出てきてくれた。

「長らくお世話になりました。これより凌国に行ってまいります」

翔央の別れの挨拶には、若干の皮肉を感じなくもない。

約半月、草原の国の都で過ごした。当初の想定から考えると、とてつもなく長い。

凌国で禅譲を待っているはずの龍貢は、もう本拠に帰ってしまったのではないだろうか。

「そうかそうか。もっと長く世話してやってもいいぞ。……小蓮だけ」

「いやいや。我らが一行、欠けることなく凌国の都に向かうと、凌王にもお伝えしておりますので」

怖いから、早く終わってほしい。

「口が回るガキだ。そこは兄弟そっくりだな」

威首長が翔央に笑いかける。

「……至誠の子よ、俺はそなたにも生きていてほしい。そなたは生きる限り、父母、兄、弟、伯父に至るまでたくさんの過去から追われることになる。凌国で無事に玉座を譲り、どれほどその気がないと公言して市井に下ろうとも、そなたを担ぎ上げようとする者はどこからか湧いて出てくるし、そんなそなたを警戒して消してしまおうとする者も後を絶たないだろう。その長く過酷な旅路で、いつか小蓮は、そなたの足手まといになるかもしれない。友の子が、我が命の恩人と手を取り合って死地へ向かおうとしている背中を、こうして見送るよりないのは、心苦しいことだ。……どうか、生きてまた顔を見せに来てくれ」

翔央が覚悟を問う言葉に大きく頷いた。

「はい。……蓮珠と一緒に、必ず顔を見せに参ります」

「その時は、ワタクシが宮城の門を開けておくから、安心して訪ねてきてね」

威首長の横に居た黒公主が笑う。

蓮珠は威首長と黒公主に再会を誓うと、凌へ向かう道を馬で歩み始めた。

街道の先で騎馬隊が待っていた。かといって、こちらが構えることはない。黛部族との小規模戦闘でお世話になった千秋率いる凌国の青龍遊撃隊だとわかっているからだ。

「再会しましたね、相国の皆さん。短くも長い旅をご一緒してよろしいでしょうか」

相変わらず微妙な言葉遣いだ。

「もちろんだ。こちらとしても、安心して旅ができる」

再び馬を歩かせて街道を進み始めると、蓮珠の馬に千秋が轡《くつわ》を並べた。

「陶蓮珠殿。これを君に渡そうと思っていたんだ」

「これは……あの秋の庭の絵ですか」

嬉しくて、威国で手に入れた大判の布にくるんだ。

「あと、これも特別に」

次に差し出されたのは、人物画だった。

「……翠玉……」

そこに描かれている人物は、いまでは淩国の王太子妃となった白瑶長公主。蓮珠にとっては、長く妹として大事にしてきた翠玉だった。

「なぜ、これをわたしに？」

「大事でしょう？　だったら、常に身に付けておかないと」

翠玉と自分の関係を知っている。蓮珠は千秋の目を見つめた。

「警戒しなくていいよ。これは約束だから」

千秋が、蓮珠を宥めて笑みを見せる。

「約束？　翠玉とですか？」

「そうだよ。混乱の中での北行き。その後は連絡が途絶え、連絡が来たかと思えば、続けざまに訃報《ふほう》。それは、心配にもなると思うよ。だって、どちらが亡くなったのかもわからないのだから」

身代わりのことも知っている。蓮珠は笑みを返せぬまま、千秋と向き合っていた。

「どちらかわからないものだから、僕の主が僕に実際のところどうなっているのか見てこいと言いだして、威国まで行くことになったんだよ。僕の主の本来の命令は、君が来ないことには花嫁が落ち着かないから、見つけ次第連れて帰るようにというものだった」

千秋は軽い世間話でもするように、主から賜った命令の話をする。

「最初に会った時点で、その命令に従ってもよかったんだけれど、もう一つの命令との兼ね合いがあったから今日まで保留にしていたんだ」

「もう一つの命令……？」

蓮珠の目の前で、千秋の表情が少しずつ変化していく。

「僕としてはそちらのほうが大変重要だった。華王を失い、国内は継承戦争で大混乱。正しい王の擁立が急務だから、凌としては、王家の本流で唯一、大粛清を免れて生き残った榴花公主様に女王になってもらうことにした。僕のもう一つの役割は、榴花公主のお迎えだよ」

口角が上がっているだけで、千秋のそれは笑顔とは言い難い何かになっていく。

「榴花さんはもう公主ではありません。威国で生きていくと決めていました」

蓮珠は反論しながら、少しずつ視線を動かした。千秋は『榴花公主のお迎え』と言った。

この余裕はお迎えが成功しているようにしか思えない。だとしたら、榴花はどこにいるのだろうか。

「彼女がどう思おうと、主の命令だもの凌国にお連れするよ。だって、臣下は主のために多少無茶をするものでしょう？」

今彼が言ったのは、先日、魏嗣が口にしたことだ。千秋はあの場にいなかったはずなのに、どこからそれを聞いたのだろう？

「あなたは、いったい……」

「改めて自己紹介が必要かな？　……僕の名は曹《そう》千秋だよ」

絵描きだといったその口調と何ら変わりなく彼は名乗った。

「曹……？」

珍しくない姓だが、凌国の者があえて曹をつけて名乗る時には違う意味を持つ。それを曹真永《そうしんえい》で知っている。

「千秋殿は、凌国王室の親族なのですか？」

蓮珠の慎重な問いかけにも、千秋本人は軽い口調のまま応じる。

「朝貢のために大陸に来たという話は本当だよ。海難事故に遭ったのもね。……そんな行くあてのない僕を拾ってくださった方からいただいた姓だよ。元の姓は、帰れない未練を捨てるために忘れることにした。いうなれば、凌国王室の関係者かな」

親族でなく、関係者。だが、ここまでいろいろ知っているとなると関係者の中でもかなり地位は高い。

相国は文官に比べて武官の地位が低い。だから、実は絵師でなく遊撃隊を率いる伝説級の軍師だと聞いても、そこまでの位の高さを想像できていなかった。もしや、冗談でなく本当に凌王の側近なのだろうか。

蓮珠の頭の中で積み重なっていく疑問と警戒心を、千秋がまた見透かしたように笑う。

「陶蓮珠殿。僕は大陸東の大国『凌』の国主より、二つの命を受けて威国に来たんだ。ひとつ。正統なる華王の後継者を迎えること。ふたつに、我が国の東宮妃の姉君である君をお迎えすることだ」

今度はハッキリと、凌王の命令であると言ってから、『お迎え』の意味するところを彼は、こう表現した。

「我が国の王太子妃がお待ちです。貴女がいるべきは、相国皇帝の隣ではなく、貴女の大切な妹のとなりです。凌国の都・永春《えいしゅん》の王太子宮にご案内いたしますよ」

それは蓮珠を相国からも翔央からも引き離すという宣言だった。

双葉文庫

あ-60-11

後宮《こうきゅう》の花《はな》は偽《いつわ》りに託《たく》す

2024年2月14日　第1刷発行

【著者】
天城智尋《あまぎちひろ》

【発行者】
島野浩二
【発行所】
株式会社双葉社
〒162-8540 東京都新宿区東五軒町3番28号
［電話］03-5261-4818(営業部)　03-5261-4851(編集部)
www.futabasha.co.jp(双葉社の書籍・コミックが買えます)
【印刷所】
中央精版印刷株式会社
【製本所】
中央精版印刷株式会社

【フォーマット・デザイン】
日下潤一

ISBN978-4-575-52730-8 C0193
Printed in Japan